ditions Gallimard, Paris, 1984
ation Copyright ⓒ SODAM Publishing Co., Ltd. 2004
ved.

dition was published by arrangement with
nard(Paris)
n Korea Agency Co., Seoul

저작권은 베스툰 코리아 에이전시를 통해 저작권자와의
금출판사에 있습니다. 저작권법에 의해 한국 내에서 보호를 받는
단전재와 무단복제를 금합니다.

T CONTES
가지 이야기

펴낸날 2004년 1월 10일 초판
셀 투르니에 **옮긴이** 이원복 **그린이** 오승원 **펴낸이** 이태권 **펴낸곳**
울시 성북구 성북동 178-2 (우)136-020 **전화** 745-8566~7 **팩스**
mail sodam@dreamsodam.co.kr **등록번호** 제2-42호(1979년
페이지 www.dreamsodam.co.kr **기획 편집** 박지근 이장선 가정실
미술 김미란 이종훈 이성희 **본부장** 홍순형 **영업** 박종천 장순찬
우지윤 안찬숙 장명자

81-758-2 04800 **ISBN** 89-7381-790-6 04800(5권세트)
려표지에 있습니다.

S E P

일곱

1쇄 자은이
소담출판사
747-3238 T
11월 14일)
구경진 마현
이도림 관리

ISBN 89-7
●책 가격은

soda

Bestseller
MINIBOOK
008

일곱 가지 이야기

미셸 투르니에 지음

이원복 옮김

오승원 삽화

sodampublishingcompany

"혼자 있으면 약간 두렵기도 하다.
하지만 동시에 무척 즐겁기도 하다.
참 이상한 일이다. 부모님 방에서 움직이는 소리를 들으면
나는 슬퍼지고 나의 축제는 끝난다."

Sept contes

Sept contes

Michel Tournier

미셸 투르니에

일 곱 가 지 이 야 기

Sept contes

피에로, 밤의 비밀

Pierrot ou les secrets de la nuit

풀드뢰직 마을에 아담한 두 채의 하얀 집이 서로 마주 보고 있었습니다. 한 집은 세탁소였는데 아무도 세탁소 여주인의 진짜 이름을 기억하지 못했습니다. 마을 사람들은 하얀 비둘기처럼 그녀가 늘 하얀 옷을 입었기 때문에 콜롱빈(콜롱빈은 비둘기를 뜻하는 프랑스어 '콜롱브'에서 딴 이름_역주)이라고 불렸습니다. 또 다른 집은 피에로의 빵집이었습니다.

피에로와 콜롱빈은 함께 마을 학교의 책상에서 공부하며 자랐습니다. 마을 사람들은 그들이 늘 붙어 지냈기 때문에 나중에 결혼하게 될 것이라고 여겼습니다. 하지만 피에로가

빵집 주인이 되고 콜롱빈이 세탁소 주인이 되자 그들은 불가피하게 멀어지게 되었습니다. 빵집 주인은 모든 마을 사람들이 아침마다 신선한 빵과 따뜻한 크루아상 빵을 먹을 수 있도록 밤에 일을 해야 합니다. 반대로 세탁소 주인은 낮에 일을 합니다. 그렇다해도 그들이 원했다면 콜롱빈이 잠자리를 준비하고 피에르가 일어나는 황혼 무렵에, 또는 콜롱빈이 일을 시작하고 피에로가 일을 마치는 아침에 만날 수도 있었을 것입니다.

하지만 콜롱빈이 피에로를 피했기 때문에 가엾은 피에로는 슬픔으로 괴로워했습니다. 왜 콜롱빈은 피에로를 피했을까요? 그것은 소꿉친구 피에로가 하는 일마다 그녀의 기분을 언짢게 하는 것을 떠올렸기 때문이었습니다. 콜롱빈은 햇살과 새 그리고 꽃을 좋아했습니다. 무더운 한여름이 되면 그녀의 표정은 활짝 피어났습니다.

그런데 빵집 주인은 주로 밤에 활동을 합니다. 콜롱빈은 밤을 늑대나 박쥐처럼 끔찍한 동물들이 득실거리는 어둠이라고 생각했습니다. 그래서 잘 때는 대문과 덧문을 꼭 닫고

깃털 이불 속에서 몸을 뒹굴며 자는 것을 좋아했습니다. 콜
롱빈이 피에로를 피한 이유는 그 뿐만이 아니었습니다. 피
에로는 더욱 음산한 다른 두 곳의 어둠—지하실과 화덕의 어
둠—속에 묻혀 지냈으니까요. 지하실에 쥐들이 있을지 누가
알겠어요? 게다가 사람들은 '화덕 속처럼 어둡다'고 말하지
않나요?

　더구나 피에로는 그의 직업에 어울리는 모습을 지녔습니
다. 얼굴은 보름달처럼 둥글고 창백합니다. 아마도 피에로

가 밤에 일하고 낮에 자기 때문일 것입니다. 주의 깊고 놀란 듯한 커다란 눈은 올빼미 눈 같고 하얀 밀가루가 잔뜩 묻은 옷은 헐렁헐렁합니다. 보름달과 올빼미처럼 피에로는 내성적이고 조용하며 성실하고 속을 잘 드러내지 않습니다. 피에로는 여름보다는 겨울을, 사회보다는 고독을 그리고 말하는 것보다는 글쓰는 것을 더 좋아합니다. 말재주도 없지만 말한다는 게 괴로운 일이었습니다.

피에로는 촛불을 밝히고 커다란 깃털 펜으로 콜롱빈에게 긴 편지를 쓰곤 했지만 그녀가 읽지 않을 거라고 확신하고는 보내지 않았습니다. 피에로는 편지에 어떤 내용을 썼을까요? 그는 콜롱빈에게 잘못을 깨우쳐 주려고 무척 애를 썼습니다. 피에로는 밤이란 그녀가 생각하는 것과 다르다고 설명했습니다.

피에로는 밤을 잘 압니다. 밤이 어두운 공백이 아니라는 것을 알고 있습니다. 그의 지하실과 화덕도 마찬가지입니다. 밤에 강물은 더욱 크고 맑게 노래를 하고 수많은 은빛 비늘로 반짝입니다. 커다란 나무들이 어두운 하늘에서 흔드는 잎은 별빛을 받아 반짝반짝 빛납니다. 밤 바람은 일꾼들의 땀에 젖은 낮 바람보다 바다와 숲과 산의 냄새를 더욱 깊게 느끼게 합니다.

피에로는 달을 잘 압니다. 그는 달을 바라볼 줄 압니다. 달은 접시처럼 하얗고 평평한 원판이 아닙니다. 그는 육안으로 주의 깊고 다정하게 달을 바라봅니다. 형체가 있는 달은 실제로 사과나 호박처럼 구체입니다. 달은 매끄럽지 않습니다. 언덕과 계곡이 있는 지구처럼, 주름과 미소가 있는 얼굴처럼 달에도 잘 빚어지고 조각된 형상과 골짜기가 있습니다.

그렇습니다. 피에로는 이런 모든 사실을 알고 있습니다. 반죽을 부풀리기 위해서는 오랫동안 주무르고 살짝 누룩을 넣은 후 두 시간 동안 가만히 내버려둬야 합니다. 피에르가 빵 굽는 지하실에서 나오는 것은 바로 이때입니다. 모두 자고 있으며 그는 마을에서 유일하게 깨어 있는 사람입니다. 두 눈을 크게 뜨고 잠자는 마을 사람들을 지키며 거리와 골목길을 누비고 다닙니다. 남자들과 여자들 그리고 아이들은 일어나자마자 그가 준비해 둔 따뜻한 크루아상을 먹을 것입니다. 콜롱빈이 살고 있는 세탁소의 닫혀 있는 창문 밑을 지나갑니다. 그는 마을의 경비원이자 콜롱빈의 수호자입니다. 그는 커다란 침대의 하얀 이불 속에서 사랑을 그리워하고 몽상하는 콜롱빈을 상상합니다. 피에로는 창백한 얼굴을 들고 달을 바라보며 안개가 자욱한 가운데 나무 위에서 떠다니는 그 다정한 둥근 달이 누군가의 볼이나 가슴 혹은 엉덩이가 아닐까 하고 생각해 봅니다.

꽃이 화사하게 만발하고 새들이 지저귀는 어느 화창한 여름날 아침에 한 남자가 이상한 수레를 끌고 마을에 들어오지 않는다면 상황은 틀림없이 그런 식으로 오래오래 지속되었을 것입니다. 그 수레는 주거용 트레일러와 시장의 가건물을 닮았습니다. 왜냐하면 한편으론 악천후로부터 몸을 피하거나 잘 수 있고, 다른 한편으론 강렬한 색깔로 반짝이고 화려하게 채색된 커튼은 수레 주위에서 깃발처럼 나부끼고 있었으니까요. 니스를 칠한 간판이 수레 지붕을 두르고 있었습니다.

아를르캥

건축 도장공

　성격이 발랄하고 유연한 아를르캥은 진홍빛 볼에 빨간 곱
슬머리를 가졌고 얼룩덜룩한 마름모꼴 무늬로 모자이크된
꼭 끼는 바지를 입고 있었습니다. 모든 무지개 빛깔과 몇 가

지 다른 색깔도 있었지만 흰색과 검은 마름모꼴은 전혀 없었습니다. 아를르캥은 피에로의 빵집 앞에 수레를 세웠습니다. 그리고 피에로의 빵집이라는 글밖에 쓰여 있지 않은 단조롭고 초라한 벽면을 살펴보았습니다.

아를르캥은 결심한 듯 두 손을 비비고 대문을 두들겼습니다. 때는 한낮이었습니다. 피에로는 잠에 푹 빠져 있었지요. 아를르캥은 오랫동안 문을 두들겨야 했습니다. 마침내 피에로가 문을 열었습니다. 그 어느 때보다도 얼굴이 창백하고 피로가 쌓였던지 비틀거렸습니다.

가엾은 피에로! 몹시 창백한 얼굴, 헝클어진 머리, 어리둥절한 표정, 한낮의 강렬한 햇살에 깜박이는 두 눈. 피에로는 정말로 올빼미 같았습니다. 아를르캥이 입을 열기도 전에 뒤에서 커다란 웃음소리가 터졌습니다. 손에 커다란 다리미를 든 채 그 장면을 지켜보던 콜롱빈이었습니다. 아를르캥은 고개를 돌려 그녀를 보고 역시 웃음을 터뜨렸습니다. 피에로는 이들 '태양의 아이' ─똑같은 명랑한 성격이 둘 사이를 친밀하게 만든─ 앞에서 달빛의 기묘한 옷을 입은 채 쓸쓸하게 혼자가 되었습니다. 피에로는 화가 났습니다. 질투로 상처 입은 피에로는 아를르캥을 쫓아내고 거칠게 문을 닫은 다음 다시 자러 갔습니다. 하지만 잠이 빨리 올 리가 없지요.

아를르캥은 콜롱빈이 사라진 세탁소에 가서 그녀를 찾습니다. 콜롱빈은 다시 모습을 드러냈지만 다른 창문이었고 아를르캥이 다가가기도 전에 다시 사라졌습니다. 그녀는 숨바꼭질 놀이를 하는 것 같습니다. 결국 문이 열리고 깨끗한 빨래 바구니를 든 콜롱빈이 나옵니다. 그녀는 뜰에 가서 빨래를 널기 시작합니다. 아를르캥이 그녀 뒤를 따라 갑니다.

오직 하얀 빨래뿐입니다. 콜롱빈의 옷처럼 하얀 빨래. 피에로의 옷처럼 하얀 빨래. 그런데 콜롱빈은 그 하얀 빨래를 달빛이 아니라 햇빛에 말립니다. 햇빛은 모든 색깔, 특히 아를르캥의 옷 색깔을 빛나게 합니다.

구변이 좋은 아를르캥은 콜롱빈에게 수작을 겁니다. 콜롱빈이 대꾸를 합니다. 그들은 어떤 이야기를 나누었을까요? 그들은 옷감에 관해 이야기합니다. 콜롱빈은 하얀 옷감을, 아를르캥은 컬러 옷감을 이야기합니다. 세탁소 주인은 당연히 하얀 옷감을 주장하지요. 아를르캥은 그녀의 머릿속에 색깔의 개념을 넣으려고 무척 애씁니다. 그는 어느 정도는 성공합니다. 그 유명한 만남 이후에 엷은 보라색 수건, 파란 베갯잇, 푸른 식탁보, 그리고 장밋빛 침대 시트가 하얀 옷감의 시장을 휩쓸었으니까요.

콜롱빈은 햇빛에 빨래를 넌 다음 세탁소로 되돌아옵니다. 빈 바구니를 든 아를르캥은 그녀에게 집의 정면을 다시 칠하자고 제안합니다. 콜롱빈은 승낙합니다. 아를르캥은 즉시 작업을 시작합니다. 그는 주거용 트레일러를 해체하고 그 조각과 부품으로 세탁소 앞에 발판을 쌓아올립니다. 해체된 트레일러가 콜롱빈의 집을 점령하는 것처럼 보입니다.

아를르캥은 재빠르게 발판 위로 올라갑니다. 빨간 머리에 얼룩덜룩한 바지를 입은 아를르캥은 횃대에 앉아 있는 어느 외국산 새를 닮았습니다. 아를르캥은 그런 유사성을 돋보이게 하려는 듯 활기차게 노래를 부르고 휘파람을 붑니다. 이따금씩 콜롱빈이 창문으로 머리를 내밀고 그와 농담과 미소 그리고 노래를 주고받습니다.

아를르캥의 작업은 매우 빨리 구체화되었습니다. 하얀 정면은 얼룩덜룩한 색채로 바뀌었습니다. 모든 무지개 빛깔과

다른 몇 가지 색깔이 더 있었지만 검은색과 흰색 그리고 회색은 없었습니다.

특히 아를르캥이 모든 건축 도장공들 가운데 가장 대담하고 가장 뻔뻔한 사람이란 것을 입증할 수 있는 두 개의 형체가 있습니다. 먼저 벽에 실물 크기로 머리에 빨래 광주리를 이고 있는 콜롱빈의 모습을 그렸습니다. 하지만 그게 전부는 아닙니다. 아를르캥은 평소처럼 하얀 옷을 입은 콜롱빈을 그린 것이 아니라 자신의 바지 색과 아주 비슷한 얼룩덜룩한 마름모꼴의 옷을 입은 콜롱빈을 그렸습니다. 또 다른 것도 있습니다. 분명히 그는 흰색 바탕에 검은 글씨로 「세탁

소」라고 다시 썼지만 이어서 온갖 색깔로 「염색공장」이라는 글자를 덧붙였습니다. 어찌나 일을 서둘렀는지 해가 지기 전에 모든 작업이 끝났습니다. 물론 페인트는 아직 마르지 않았습니다.

해가 지자 피에로가 일어납니다. 뜨거운 화덕의 불빛으로 채광 환기창이 환해지고 불그스름하게 빛납니다. 거대한 달이 반짝이는 하늘에서 우윳빛 공처럼 떠 있습니다. 이윽고 피에로는 지하실에서 나옵니다. 처음엔 달밖에 보이지 않습니다. 그는 충만한 행복을 느낍니다. 열애하듯 두 팔을 크게 벌리고 달을 향해 달려갑니다. 그가 달에게 미소지으면 달도 그에게 미소로써 대답합니다. 둘 다 얼굴이 둥글고 안개처럼 흐릿한 옷을 입어서 오누이 같습니다.

그런데 피에로는 춤을 추고 빙빙 돌다가 땅바닥에 잔뜩 늘어놓은 페인트 통을 밟게 되었습니다. 그리고 콜롱빈의 집에 세운 발판에 부딪쳤습니다. 그는 그 충격으로 몽상에서 깨어났습니다. 무슨 일이 일어난 것일까? 세탁소에 무슨 일이 일어난 것일까? 얼룩덜룩한 정면과 특히 아를르캥처럼 옷을 입은 콜롱빈의 모습이 생소합니다.

「세탁소」라는 단어 밑에 나란히 적힌 「염색공장」이라는 야비한 단어도 있습니다. 피에로는 더 이상 춤을 추지 않습니다. 그는 깜짝 놀라 어안이 벙벙합니다. 하늘의 달도 고통스러운 듯 얼굴을 찌푸립니다. 아, 콜롱빈은 아를르캥의 화려한 색깔에 유혹되었구나! 그녀는 이제부터 아를르캥처럼 옷을 입고, 하얗고 상큼한 빨래를 비누로 빨고 다림질하는 대신에 역겹고 더러운 화학염료 통 속에 낡은 옷가지들을 절일 모양이구나!

피에로는 발판에 다가갑니다. 혐오감을 가지고 발판을 만져봅니다. 위쪽 창문에서 불빛이 반짝입니다. 발판은 끔찍한 것입니다. 발판 위로 올라가서 창문으로 방안에서 일어나는 일을 엿볼 수 있으니까요! 피에르는 발판을 하나하나 기어오릅니다. 불빛이 새어 나오는 창문으로 다가갑니다. 창문으로 슬쩍 바라봅니다.

무엇을 보았을까요? 우리는 그가 무엇을 보았는지 결코 알 수 없을 것입니다! 그는 뒤로 껑충 뛰어내립니다. 그런데 그는 지면에서 3미터 높은 발판에 있다는 것을 잊었습니다. 그는 떨어집니다. 참으로 어이없는 추락! 그는 죽었을까요? 아닙니다. 그는 간신히 일어납니다. 절뚝거리면서 빵집으로 되돌아옵니다. 촛불을 켜고 커다란 깃털 펜을 잉크병에 담급니다. 그리고 콜롱빈에게 편지를 씁니다. 편지라고요? 아닙니다. 간단한 쪽지입니다. 쪽지를 들고 다시 나옵니다. 여전히 절뚝거리는 피에로는 망설이며 한동안 생각합니다. 이윽고 쪽지를 발판의 한 다리에 걸어두기로 결심합니다. 그리고 되돌아옵니다. 채광 환기창의 불빛은 꺼졌습니다. 먹구름이 슬픈 달의 얼굴을 가렸습니다.

다음날 아침 찬란한 태양이 떴습니다. 아를르캥과 콜롱빈은 「세탁소-염색공장」 밖에서 서로 손을 잡고 뛰어 놉니다. 콜롱빈은 이제 하얀 옷을 입고 있지 않습니다. 그녀는 검은색과 흰색을 제외한 온갖 색깔이 들어 있는 마름모꼴 무늬옷을 입고 있습니다. 말하자면 아를르캥이 세탁소 정면에 그린 콜롱빈처럼 옷을 입고 있습니다. 그녀는 아를르캥의

여자가 되었습니다. 그들은 얼마나 행복할까요! 그들은 세
탁소 주위에서 함께 춤을 춥니다. 아를르캥은 여전히 춤을
추면서 이상한 작업에 몰두합니다. 콜롱빈의 집에 세웠던
발판을 해체하는 것입니다. 그와 동시에 이상야릇한 손수레
를 다시 조립합니다. 수레가 제 모습을 찾았습니다. 콜롱빈

이 손수레를 끌어봅니다. 아를르캥은 떠날 때가 되었다고 생각하는 것처럼 보입니다. 건축 도장공은 진짜 떠돌이니까요. 그는 새가 나뭇가지에서 사는 것처럼 발판 위에서 생활합니다. 그에게 지체한다는 것은 생각조차 할 수 없는 일입니다. 더구나 풀드뢰직 마을에서 할 일이 전혀 없습니다. 시골은 매력을 한껏 뽐내고 있습니다.

콜롱빈은 함께 떠나기로 결심한 것 같습니다. 그녀는 손수레에 가벼운 보따리 하나를 싣고 세탁소 대문과 덧창을 닫습니다. 이제 그녀는 아를르캥과 함께 손수레 안에 있습니다. 그들은 출발할 참입니다. 아직은 아닙니다. 아를르캥이 다시 내려옵니다. 무엇인가를 잊은 모양입니다. 그는 과장된 동작으로 벽보를 쓰고 세탁소 대문에 붙입니다.

신혼여행 때문에 휴업합니다.

이제 그들은 출발할 수 있습니다. 아를르캥은 수레를 잡고 길로 끌고 갑니다. 이윽고 들판이 그들을 에워싸고 뜨겁게 반깁니다. 꽃과 나비가 어찌나 많던지 아를르캥의 옷을 들판에 펼쳐놓은 것 같습니다!

마을에 어둠이 내렸습니다. 피에로는 용기를 내서 지하실에서 밖으로 나옵니다. 다리를 절면서 콜롱빈의 집으로 다가갑니다. 완전히 닫혀 있습니다. 문득 벽보를 발견합니다. 벽보는 너무도 끔찍한 내용이어서 읽을 수가 없을 정도입니다. 두 눈을 비빕니다. 하지만 분명한 사실을 인정하지 않을 수 없습니다. 그는 여전히 절뚝거리면서 화덕으로 되돌아옵니다. 하지만 곧장 다시 나옵니다. 그도 벽보를 만들었습니다. 대문에 벽보를 붙이고 난폭하게 닫습니다. 벽보에는 이렇게 쓰여 있습니다.

사랑의 슬픔 때문에 휴업합니다.

며칠이 흘렀습니다. 여름이 끝났습니다. 아를르캥과 콜롱빈은 계속해서 이 마을 저 마을을 돌아다닙니다. 하지만 행복은 예전과 같지 않습니다. 이제는 콜롱빈이 점점 더 자주 수레를 끌고 아를르캥은 쉽니다. 이윽고 날씨가 나빠집니다. 가을의 첫 비가 머리 위에서 따닥따닥 소리를 내며 떨어집니다. 얼룩덜룩한 멋진 옷은 색이 바래기 시작합니다. 나뭇잎은 단풍이 들고 떨어집니다. 그들은 생기 없는 숲과 갈아 엎은 거무스름하고 검은 밭을 가로질러 나갑니다.

그런데 어느 날 아침, 돌발사태가 일어났습니다! 밤새도록 하늘에서는 눈송이가 휘날렸습니다. 날이 밝자 눈이 들판과 길 그리고 손수레를 뒤덮었습니다. 그것은 백색의 대승리, 곧 피에로의 승리입니다. 그런 피에로의 복수를 완수하려는 듯이 그날 밤 은빛 도는 거대한 달이 얼어붙은 풍경 위에 떠 있습니다.

콜롱빈은 점점 더 자주 풀드뢰직 마을과 피에로를 생각합니다. 특히 달을 볼 때는 더욱 생각납니다. 어느 날 그녀는 접혀진 쪽지를 발견합니다. 어떻게 된 영문인지 모릅니다. 그녀는 최근에 피에로가 와서 이 쪽지를 놓아두지 않았을까 하고 추측해 봅니다. 발판의 꼭대기에 매달려서 부속물이 되어

버린 이 쪽지는 실제로 그녀에게 보낸 것이었습니다. 쪽지를
읽습니다.

콜롱빈!

나를 버리지 마! 아를르캥의 피상적인 화학 염료에 유혹되
면 안 돼! 그 염료는 고약한 냄새를 풍기고 표면이 쉽게 벗
겨 떨어지는 유독성 색깔이야. 물론 나 역시 빛깔을 가지고
있어. 내 빛깔은 참되고 심오한 것이야.
이 놀라운 비밀을 잘 들어 봐.
나의 밤은 어두운 것이 아니라 파란 거야! 우리가 호흡하는
것도 파란 공기야.
나의 화덕은 어두운 것이 아니라 금빛이야. 우리가 먹는 것
은 금빛 빵이야.
내가 만든 빵의 빛깔은 눈을 즐겁게 해. 게다가 그 빛깔은
두껍고 영양가도 많아. 그리고 냄새도 좋고 따뜻하고 우리
를 먹여 살려.

사랑해 그리고 기다릴 거야.

- 피에로

파란 밤, 금빛 화덕. 우리가 호흡하고 또한 우리를 먹여 살리는 진정한 빛깔이 바로 피에로의 비밀이었던가? 피에로의 옷을 닮은 얼어붙은 풍경 속에서 콜롱빈은 곰곰이 생각하고 망설입니다.

아를르캥은 콜롱빈을 생각하지도 않고 손수레 구석에서 쿨쿨 자고 있습니다. 콜롱빈은 잠시 후엔 어깨와 가슴을 멍들게 하는 가죽 멜빵을 다시 메고 얼어붙은 길에서 수레를 끌어야 합니다. 왜 그래야 할까요? 그녀를 유혹했던 아름답고 빛나는 색깔이 바랬는데 그녀가 집으로 되돌아가기를 원한다면 무엇이 그녀를 아를르캥 곁에 붙잡아두는 것일까요? 그녀는 수레에서 뛰어내립니다. 그녀는 자기 물건을 챙겨서 가벼운 걸음으로 고향을 향해 떠납니다.

콜롱빈은 걷고 걷고 또 걷습니다. 옷은 빛나는 색깔을 잃었지만 그렇다고 해서 다시 하얗게 된 것도 아닙니다. 그녀는 발 밑에서 짓눌려 뽀드득 뽀드득하는 소리를 내고 귓가에서 휙휙하는 소리가 들리는 눈 속에서 도망칩니다. 이윽고 F로 시작되는 심술궂은 많은 단어들이 암울한 무리처럼 연달아 떠오릅니다. 추위(froid), 강철(fer), 굶주림(faim), 광기(folie), 유령(fantôme), 허약함(faibless).

가엾은 콜롱빈은 땅바닥에 쓰러질 지경입니다. 그러나 다행히도 마찬가지로 F로 시작되는 따뜻한 수많은 단어들—피에로가 보낸 듯한 단어들—이 도와주러 옵니다. 연기(fumée), 힘(force), 꽃(fleur), 불(feu), 밀가루(farine), 화덕(fournil), 모닥불(flambée), 향연(festin), 요정의 나라(féerie).

마침내 콜롱빈은 고향에 도착합니다. 한밤중입니다. 모든 마을 사람들이 눈 밑에서 자고 있습니다. 하얀 눈일까요? 어두운 밤일까요? 아닙니다. 콜롱빈은 피에로에게 다가갔기 때문에 분명히 밤이 푸르고 눈이 푸르다는 것을 볼 줄 압니다. 아를르캥이 항아리 속에 가지고 있는 요란스럽고 해로운 프러시아산의 파란 페인트는 아닙니다. 콜롱빈이 마음껏 들이마시는 것은 냄새가 좋고 반짝거리며 생생한 호수와 빙하와 하늘의 파란 빛깔입니다.

얼어붙은 우물, 오래 된 교회 그리고 마주 보고 있는 두 채의 아담한 집—콜롱빈의 세탁소와 피에로의 빵집—이 보입니다. 세탁소는 불이 꺼져 있고 죽은 듯 생기가 없습니다. 하지만 빵집은 생명의 기운이 넘쳐흐릅니다. 굴뚝에선 연기가 피어오르고 채광 환기창에서는 깜박거리는 황금빛 불빛이 새어나와 눈이 쌓인 거리를 비춥니다. 자신의 화덕이 어둡지 않고 황금빛이라고 편지를 썼던 피에로는 분명히 거짓말을 하지 않았습니다!

콜롱빈은 어쩔 줄 모르며 채광 환기창 앞에서 멈춥니다. 그녀는 자신의 옷 밑까지 열기와 향긋한 빵 냄새를 내뿜는 빛의 입구 앞에서 웅크리고 싶었습니다. 하지만 감히 그럴 용기가 나지 않습니다. 그런데 갑자기 문이 열리고 피에로가 나타납니다. 우연일까요? 피에로는 자신의 여자 친구가

올 것이라고 예감했을까요? 아니면 단지 채광 환기창으로
그녀의 발을 보았을까요? 피에로는 콜롱빈에게 두 팔을 내
밉니다. 하지만 그녀가 피에로의 품에 안기려는 순간 겁에
질린 피에로는 몸을 돌려 피하고 그녀를 지하실로 데려갑니
다. 콜롱빈은 '애정의 물결' 속으로 내려가는 기분입니다.
얼마나 좋은가요! 화덕의 문은 닫혀 있지만 불꽃이 안쪽에서
어찌나 활활 타오르던지 불꽃이 모든 구멍과 틈새로 조금씩
스며 나옵니다.

피에로는 한쪽 구석에 웅크리고 앉아 눈을 크게 뜨고 환상
적으로 나타난 콜롱빈을 가만히 바라봅니다. 콜롱빈이 자신
의 지하실에 있다니! 불에 도취된 콜롱빈은 피에로를 은밀히
바라봅니다. 주름지고 너울거리는 하얀 작업복을 입고 어두
운 지하실에 처박혀 얼굴이 창백한 이 착한 피에로는 밤새와
아주 흡사합니다. 피에로는 그녀에게 무슨 말인가를 해야겠
는데 말이 목안에서 맴돌기만 합니다.

시간이 흐릅니다. 피에로는 시선을 떨구고 커다란 황금빛
반죽이 자고 있는 통을 바라봅니다. 콜롱빈처럼 부드럽고

금빛 도는 반죽. 두 시간 전부터 반죽은 나무통 속에서 자고 있고 누룩은 반죽을 열심히 부풀리고 있습니다. 불이 활활 타오르고 있기 때문에 곧 화덕에 반죽을 넣을 시간입니다. 피에로는 콜롱빈을 바라봅니다. 콜롱빈은 무엇을 하고 있을까요? 그녀는 장거리 여행으로 녹초가 되었고 화덕의 감미로운 열기에 긴장감이 풀려서 밀가루 상자 위에서 안심하고 달콤하게 잠들었습니다. 피에로는 겨울의 혹한과 식어버린 사랑을 피해 자기 집으로 도망쳐 온 여자 친구 앞에서 감동의 눈물을 흘리고 있습니다.

아를르캥은 세탁소 벽에 얼룩덜룩한 옷을 입은 콜롱빈의 초상화를 그렸습니다. 피에로에게 멋진 생각이 떠올랐습니다. 그는 자기 방식대로 반죽으로 콜롱빈을 빚을 것입니다. 곧장 작업을 시작합니다. 잠든 콜롱빈과 반죽통을 쉬지 않고 번갈아 봅니다. 잠든 소녀를 손으로 애무하고 싶지만 반죽으로 콜롱빈을 빚는 것도 즐거운 일입니다. 작업을 끝내고 살아 있는 모델과 비교해 봅니다. 분명히 반죽으로 빚은 콜롱빈이 약간 더 창백합니다! 자, 빨리 화덕에 넣자!

불꽃이 활활 타오릅니다. 이제 피에로의 지하실에는 두 명의 콜롱빈이 있습니다. 바로 그때 누군가가 살며시 문을 두드리는 소리에 진짜 콜롱빈이 잠에서 깨어났습니다. 누구일까요? 대답을 하려는 것처럼 목소리가 높아지지만 어둠과 추위 때문에 곧장 약해지고 침통해집니다. 하지만 피에로와 콜롱빈은 비록 지난번 여름의 의기양양한 어조는 아니었지만 아를르캥의 목소리를 알아듣습니다. 추위에 얼어붙은 아를르캥은 어떤 노래를 부르는 것일까요? 아를르캥은 그때부터 유명해졌지만 우리가 지금까지 이야기한 내용을 모른다면 그 가사를 이해할 수 없는 노래를 부릅니다.

내 친구 피에로야!
달빛 아래서
글을 쓸 수 있도록
펜을 빌려다오.
내 양초는 다 타 버렸어.
난 이제 불이 없어.

문을 열어다오.
신의 사랑으로(제발)!

불쌍한 아를르캥은 페인트통 한가운데서 콜롱빈이 버린 편지를 발견했고 피에로가 그녀를 빵집으로 되돌아오도록 설득했다는 것을 깨달았습니다. 그리하여 구변이 좋은 아를르캥은 글 쓰는 사람들이 때때로 소유하는 힘과, 겨울에 화덕을 가지고 있는 사람들의 힘을 헤아릴 수 있었던 것입니다. 아를르캥은 순진하게도 피에로에게 펜과 불을 빌려달라고 부탁했습니다. 그는 정말로 콜롱빈을 되찾을 수 있다고 생각했을까요?

피에로는 불행한 경쟁자를 불쌍히 여깁니다. 그는 문을 열어줍니다. 사정이 딱하고 얼굴이 창백한 아를르캥은 황급히 화덕으로 달려갑니다. 화덕 입구에서는 열기와 색깔과 맛있는 냄새가 스며 나옵니다. 피에로의 지하실은 얼마나 좋은가요!

빵집 소년의 모습은 승리감으로 환해졌습니다. 그의 몸짓

은 헐렁헐렁한 긴소매 때문에 더욱 커 보입니다. 피에로는
과장된 동작으로 화덕의 두 문짝을 활짝 엽니다. 황금빛과
어머니 같은 따사로움 그리고 감미로운 빵 냄새가 세 친구를
감쌉니다. 이제 피에로는 나무로 만든 긴 빵삽을 이용해서
화덕 안에서 무엇인가를 끄집어냅니다. 무엇일까요? 아니
누군가입니다! 자매처럼 콜롱빈을 닮은 소녀입니다. 빵껍질
은 황금빛이 돌고 바삭바삭하며 김이 무럭무럭 납니다.

그것은 세탁소의 벽에 화학 페인트로 그려진 평평하고 얼
룩덜룩한 콜롱빈이 아니라 반죽으로 둥근 뺨, 풍만한 가슴,
사과 모양의 아담한 히프 등을 빚은 콜롱빈입니다.

콜롱빈은 화상을 입을 위험에도 불구하고 콜롱빈—빵—을
두 팔로 안습니다.

"내가 얼마나 아름다운가! 내 냄새가 얼마나 좋은가!"

피에로와 아를르캥은 그 기이한 장면에 매혹되어 바라봅
니다. 콜롱빈은 식탁 위에 '콜롱빈 빵'을 눕히고 두 손으로
부드럽게 콜롱빈의 가슴을 벌립니다. 그녀는 부드러운 황금

빛 빵의 깊이 패인 곳에 탐욕스러운 코를 처박고 혀를 날름거립니다. 입에 빵을 가득 물고 이렇게 말합니다.

"내가 얼마나 맛있는가! 사랑하는 친구들아, 맛 좀 봐. 맛있는 콜롱빈을 먹어 봐. 나를 먹어 봐!"

그러자 그들은 맛을 보고 입에 살살 녹는 뜨거운 콜롱빈을 먹습니다. 그들은 서로 바라봅니다. 그들은 행복합니다. 그들은 웃고 싶습니다. 하지만 빵을 입에 가득 넣어 볼록해진 볼 때문에 웃을 수가 없습니다.

아망딘, 두 정원
Amandine ou les deux jardins

올 리 비 아   클 레 르 그 를   위 해

일요일. 나는 파란 눈, 주홍빛 입술, 통통한 장밋빛 볼, 그리고 물결 모양의 금발을 가지고 있다. 내 이름은 아망딘이다. 거울을 바라보면 나는 열 살 소녀의 모습이다. 그것은 놀라운 일이 아니다. 나는 어린 소녀이고 실제로 열 살이니까.

나에겐 엄마와 아빠가 계시고 '아망다' 라는 이름을 붙여 준 인형이 하나 있고 또한 고양이도 한 마리 있다. 그 고양이는 암놈인 것 같다. 녀석의 이름은 클로드(프랑스에서 클로드라는 이름은 남자와 여자 모두에게 사용된다_역주)이다. 그 이름 때문에 녀석이 암놈인지는 확실하지 않다. 클로드의 배는 15일 동안 엄청나게 불어 있었다.

어느 날 아침, 나는 클로드가 자는 광주리에서 쥐새끼 만한 네 마리의 새끼 고양이들이 앙증맞은 발가락을 꼼지락거리며 젖을 빨고 있는 모습을 발견했다. 클로드의 배가 몹시 납작해진 걸 보면 네 마리의 새끼가 뱃속에 들어 있다가 막빠져 나온 것 같다. 그러니까 클로드는 분명히 암놈이다.

새끼 고양이들의 이름은 베르나르, 필리프, 에르네스트, 그리고 카미샤였다. 나는 새끼 고양이들의 이름을 통해 첫세 마리가 수놈이라는 걸 알게 되었다. 카미샤는 잘 모르겠다.

엄마는 다섯 마리나 되는 고양이를 집에서 키울 수 없다고 말씀하셨다. 나는 그 이유를 잘 모르겠다. 어쨌든 나는 학교 친구들에게 새끼 고양이를 기르고 싶으냐고 물었다.

수요일. 아니, 실비, 그리고 리디가 우리 집에 왔다. 클로드는 가르랑거리며 친구들의 발을 비벼댔다. 친구들은 이제 갓 눈을 뜨고 비틀거리며 걷기 시작한 새끼 고양이들을 품에 안았다. 친구들은 암놈을 키우고 싶지 않았기 때문에 카미샤를 남겨놓았다. 아니는 베르나르를, 실비는 필리프를 그리고 리디는 에르네스트를 선택했다. 나는 이제 카미샤만 키운다. 당연히 나는 다른 녀석들이 떠난 만큼 이 고양이를 더욱 좋아한다.

일요일. 카미샤는 여우처럼 다갈색이고 마치 무엇인가를 받은 것처럼 왼쪽 눈 위에 하얀 반점이 있다. 그게 뭘까? 그것은 얻어맞은 흔적이 아니라 뽀뽀의 흔적일 것이다. 빵집 아저씨의 뽀뽀. 카미샤는 하얀 버터를 바른 듯한 눈을 하나

가지고 있다.

　수요일. 나는 엄마의 집과 아빠의 정원을 무척 좋아한다.
집안의 온도는 언제나—여름이든 겨울이든—같다. 정원의
잔디는 사계절 내내 파릇파릇하고 잘 손질되어 있다. 엄마
는 집에서, 아빠는 정원에서 누가누가 더 깨끗하게 정리하나
경쟁하는 것 같다. 집에서는 누구나 마루판을 더럽히지 않
도록 펠트를 씌운 발디딤 깔개 위를 사뿐히 걸어야 한다. 아
빠는 흡연자를 위해 정원에 재떨이를 놓으셨다. 나는 엄마
아빠가 옳다고 생각한다. 그렇게 하는 것이 더욱 안심되니
까. 하지만 때때로 약간은 성가신 일이다.

　일요일. 나는 새끼 고양이가 커가며 제 어미와 놀면서 모
든 일을 배우는 것을 보니 매우 즐겁다.
　오늘 아침 나는 양羊 우리에 있는 녀석들의 광주리를 보러
갔다. 그런데 텅 비어 있었다! 한 마리도 없었다! 클로드는
산책할 땐 카미샤를 두고 혼자 나갔다. 그런데 오늘 클로드

44

는 카미샤를 데리고 나갔나 보다. 새끼 고양이는 아직 따라 갈 수 없기 때문에 어미가 물고 갔을 것이다. 새끼 고양이는 이제 겨우 걷기 시작하는데. 어디로 갔을까?

수요일. 일주일 전에 사라졌던 클로드가 갑자기 다시 나타났다. 그때 나는 정원에서 딸기를 먹고 있었는데 갑자기 내 두 다리를 비비는 털을 느꼈다. 바라볼 필요도 없었다. 나는 그것이 클로드라는 걸 아니까. 새끼 고양이도 되돌아왔는지 살펴보기 위해 양 우리로 달려갔다. 광주리는 여전히 비어 있었다. 클로드가 다가왔다. 클로드는 광주리를 바라본 후 황금빛 눈을 감고 내게 머리를 들어올렸다. 나는 녀석에게 물었다. "카미샤를 어떻게 했어?" 클로드는 대답도 하지 않은 채 고개를 돌렸다.

일요일. 클로드는 예전처럼 살지 않았다. 예전에 녀석은 늘 우리와 함께 지냈다. 하지만 지금은 매우 자주 나간다. 어디로 가는 것일까? 나는 녀석이 가는 곳을 꼭 알아내고 싶다.

녀석의 뒤를 따라가려 했지만 불가능했다. 내가 녀석을 감시하면 움직이지 않는 것이었다. 녀석은 내게 이렇게 말하는 것 같았다. "왜 그렇게 나를 쳐다보니? 내가 집에 얌전히 있다는 걸 넌 잘 알잖아?"

하지만 잠깐 방심한 사이에 클로드는 사라져버린다. 그러면 나는 여기저기 찾아다닌다. 녀석은 어디에도 없다. 그런데 다음날이면 녀석은 벽난로 옆에 있는 것이다. 녀석은 마치 내가 환영을 보았다는 듯이 순진한 표정으로 나를 쳐다본다.

수요일. 나는 방금 뭔가 이상한 것을 보았다. 나는 전혀 배고프지도 않았고 아무도 나를 바라보지 않았기에 내 몫의 고기 덩어리를 클로드에게 슬그머니 내주었다. 개들은 고기나 설탕 덩어리를 던져주면 재빨리 움켜잡고 안심하고 와작와작 소리를 내며 먹어치운다. 고양이들은 그렇지 않다. 녀석들은 의심이 많다. 먹을거리를 던져주면 가만히 있다가 검사한다. 클로드도 고기 덩어리를 살펴보았다. 그런데 녀석

46

은 고기 덩어리를 삼키지 않고 입에 물고 정원으로 사라졌다. 부모님이 그 광경을 보셨다면 나를 야단쳤을 터였다.

녀석은 덤불 속에 몸을 숨겼다. 분명히 자기를 잊게 하기 위해 그랬을 것이다. 하지만 나는 녀석을 감시했다. 갑자기 녀석이 담을 향해 뛰어갔다. 그리고 땅바닥에 누운 듯이 담에 딱붙어서 달렸다. 하지만 녀석은 분명히 서 있었고 여전히 고기 덩어리를 입에 문 채 세 번 껑충 뛰어서 담 위로 올라갔다. 녀석은 뒤따라오는 사람이 있는지 확인하려는 듯이 집을 한 번 바라보고 나서 담 뒤로 사라졌다.

나는 오래 전부터 곰곰이 생각한 게 있다. 우리가 네 마리 새끼들 가운데 세 마리를 남에게 주어서 클로드가 몹시 낙담했을 것이라고. 클로드는 카미샤를 안전한 곳에서 기르고 싶었을 것이다. 녀석이 카미샤를 담 뒤편에 숨겨놓았으니 말이다. 녀석은 우리와 함께 있지 않을 때는 카미샤와 함께 있는 것이다.

일요일. 내 생각이 맞았다. 나는 방금 석 달 전에 사라졌던 카미샤를 다시 보았다. 카미샤는 얼마나 많이 변했는가! 나는 오늘 아침 평소보다 일찍 일어났다. 창문으로 클로드가 정원 통로에서 천천히 걷는 모습을 지켜보았다. 녀석은 죽은 쥐를 입에 물고 있었다. 그런데 이상한 것은 큼직한 어미 닭이 병아리들에 에워싸인 채 노닐 때처럼 클로드가 매우 부드럽게 으르렁거리는 소리를 낸다는 점이었다. '병아리'는 곧장 모습을 드러냈지만 네 발이 달렸고 적갈색 털로 덮인 큼직한 '병아리'였다. 나는 눈 위에 있는 하얀 반점과 하얀 버터 같은 눈을 통해 카미샤를 즉각 알아보았다. 그런데 카

미샤는 얼마나 건강해졌는가! 녀석은 들쥐를 발로 툭툭 치면서 클로드 주위에서 춤추기 시작했다. 클로드는 카미샤가 움켜잡지 못하도록 들쥐의 머리를 높이 치켜들었다. 결국엔 클로드가 들쥐를 떨어뜨렸다. 하지만 카미샤는 즉석에서 들쥐를 깨물어 먹지 않고 재빨리 낚아채서 덤불 속으로 사라졌다. 나는 녀석이 완전히 들고양이가 되지 않을까 무척 걱정이다. 녀석이 불가피하게 제 어미를 제외하곤 아무도 보지 않는 담 뒤편에서 자랐으니까.

수요일. 나는 요즘 매일 다른 사람들보다 먼저 일어난다. 힘든 일은 아니다. 날씨가 얼마나 화창한가! 그렇게 일찍 일어나면 집에서 적어도 한 시간 가량은 내가 하고 싶은 일을 할 수 있다. 엄마 아빠가 주무시기 때문에 나는 세상에 혼자 있는 느낌이다.

그렇게 혼자 있으면 약간 두렵기도 하다. 하지만 동시에 무척 즐겁기도 하다. 참 이상한 일이다. 부모님 방에서 움직이는 소리를 들으면 나는 슬퍼지고 나의 축제는 끝난다. 그리고 정원에서 수많은 새로운 것들을 바라본다. 아빠의 정원은 어쩌나 손질이 잘 되고 잘 다듬어졌던지 아무 일도 일어나지 않을 것처럼 보인다.

하지만 아빠가 주무시는 동안에 수많은 것들을 볼 수 있다! 해가 뜨기 직전에 정원에서는 야단법석이 일어난다. 그 시각은 야행성 동물들이 자러 가고 주행성 동물들이 일어나는 순간이다. 지금 이 순간은 모두 정원에 있다. 그들은 서로 마주치고 때로는 서로 부딪친다. 지금은 밤이자 동시에 낮이기 때문이다.

올빼미는 눈부신 햇살이 비추기 전에 집으로 되돌아가기 위해 서두르는데 도중에 라일락 꽃밭에서 나오던 종달새와 살짝 스친다. 고슴도치가 히스(에리카속에 딸린 딸기 나무_역주)가 우거진 화단의 오목한 곳에서 동그랗게 몸을 움츠려 데굴데굴 구르는 순간에 다람쥐가 날씨가 어떤지 알아보기 위해 늙은 참나무 구멍에서 고개를 내민다.

일요일. 이젠 더 이상 의심할 것도 없다. 카미샤는 완전히 들고양이였다. 오늘 아침 잔디밭에서 클로드와 카미샤를 발견했다. 방에서 나와 녀석들에게 다가갔다. 클로드는 나를 반겨주었다. 녀석은 다가와 가르랑거리면서 내 두 다리를 비벼댔다. 하지만 카미샤는 껑충 뛰어서 까치밤나무 속으로 사라졌다. 참 이상도 하다! 녀석은 분명히 제 어미가 나를 무서워하지 않는다는 것을 알 텐데. 왜 도망치는 것일까? 왜 어미는 녀석을 붙들려고 하지 않을까? 어미는 내가 친구라는 걸 설명해줄 수도 있을 텐데. 어미는 나와 함께 있는 순간부터 카미샤를 완전히 잊은 것 같다. 클로드는 서로 관계없는 두 곳—담 뒤편의 생활과 아빠의 정원과 엄마의 집에서 우리와 함께 하는 생활—에서 살고 있다.

수요일. 나는 카미샤를 길들이고 싶었다. 그래서 정원의 통로 가운데에 우유 접시를 놓았다. 그리고 방으로 되돌아와서 창문으로 어떤 일이 일어날 것인지 지켜보았다.

물론 클로드가 먼저 나타났다. 클로드는 접시 앞에 앉아 얌전하게 두 앞다리를 모은 후 핥아먹기 시작한다. 잠시 후

나는 카미샤의 하얀 버터 같은 눈이 풀 더미를 헤치고 나타
나는 것을 보았다. 녀석은 '엄마가 도대체 무엇을 하고 있는
거야' 하고 묻는 듯한 표정을 짓고 제 어미를 관찰했다. 이윽
고 땅바닥에 납작 엎드려서 앞으로 나왔다. 그리고 천천히
살금살금 클로드를 향해 기었다. '서둘러, 카미샤. 그렇지
않으면 네가 도착할 때면 접시가 비어 있을 거야!' 마침내
도착했다. 아니다. 아직도! 녀석이 접시 주위에서 기면서 여
전히 맴돌고 있는 꼴이라니! 녀석은 얼마나 사납게 생겼는
가! 진짜 들고양이다. 녀석은 접시를 향해 길게 목—정말이
지 아주 긴 목, 진짜 기린 목처럼 긴 목—을 내밀었다. 최대
한 접시에서 멀리 떨어져 있기 위해 그렇게 목을 길게 내뻗
은 것이다.

　녀석이 목을 내밀고 접시에 코를 박는다. 갑자기 재채기를
한다. 녀석은 방금 코로 우유를 만진 것이다. 녀석이 예상치
못한 일이었다. 이 들고양이는 접시에 담긴 음식을 먹어본
적이 없었으니까. 녀석은 우유 방울을 도처에 튀게 했다. 녀
석은 맛이 없다는 표정을 짓고 물러서서 늘어진 입술로 제

몸을 핥는다. 클로드의 몸에도 우유 방울이 튀었지만 아랑 곳하지 않는다. 클로드는 기계처럼 규칙적으로 그리고 빠르 게 핥는다.

카미샤는 마침내 제 몸을 다 닦았다. 그런데 녀석이 핥은 몇 방울의 우유가 뭔가를 떠올리게 한 모양이다. 그것은 그 다지 오래 되지 않은 추억이다. 녀석이 납작하게 엎드린다. 그리고 기어가기 시작한다. 하지만 이번엔 제 어미를 향해 기어간다. 녀석이 머리를 어미의 배 밑으로 살짝 들이댄다. 그리고 젖을 빤다.

그러니까 어미 고양이는 우유를 핥고 새끼 고양이는 젖을 빠는 것이다. 어미 고양이의 입으로 들어가는 접시의 우유 가 새끼 고양이의 입으로 들어가니까 틀림없이 같은 우유일 것이다. 차이점이 있다면 그것은 우유가 어미 몸에서 따뜻 하게 데워진 것이다. 새끼 고양이는 찬 우유를 좋아하지 않 는 모양이다. 녀석은 우유를 따뜻하게 만들기 위해 제 어미 를 이용한 것이다.

접시는 텅 비었다. 클로드가 어찌나 깨끗하게 핥았던지 접

시가 햇살에 반짝인다. 클로드는 머리를 돌린다. 클로드는
여전히 젖을 빨고 있는 카미샤를 발견한다. "이 녀석, 여기
서 뭘 하는 거야?" 클로드의 발이 용수철처럼 튀어나왔다.
오, 심하게 때리면 안 돼! 모든 발톱이 모습을 감췄다. 하지
만 클로드가 머리를 때리자 카미샤는 공처럼 데굴데굴 굴렀
다. 녀석은 이제 다 컸다는 점을 상기할 것이다. 그 나이에
아직도 젖을 먹니?

일요일. 나는 카미샤를 구슬리기 위해 담 뒤편을 탐험하
기로 결심했다. 또한 호기심도 없지 않았다. 나는 담 뒤편에
무엇인가 다른 것, 말하자면 또 다른 정원과 집―카미샤의
정원과 집―이 있을 거라고 생각한다. 내가 녀석의 작은 낙
원을 알게 되면 녀석의 우정을 보다 쉽게 얻을 수 있을 거라
고 생각한다.

수요일. 오늘 오후 옆집을 한바퀴 둘러보았다. 그다지 크
지는 않다. 서두르지 않았는데도 출발점으로 되돌아오는 데

10분밖에 걸리지 않았다. 간단한 일이다. 그것은 아빠의 정원과 똑같은 크기의 정원이다. 그런데 이상하게도 대문도 없고 격자창도 없다. 전혀! 어떤 출구도 없는 담. 아니면 모든 출구가 봉쇄되었을 것이다. 들어갈 수 있는 유일한 방법은 카미샤처럼 담을 뛰어넘는 것이다. 하지만 나는 고양이가 아니다. 그럼 어떻게 한담?

일요일. 나는 우선 아빠의 정원용 사다리를 사용해 볼까 생각했다. 하지만 내가 그 사다리를 담까지 옮길 힘이 있을지 모르겠다. 옮길 수 있다 해도 모두들 볼 수 있고 그러면 발각될 것이다. 나는 이유는 잘 모르겠지만 부모님이 내 계획을 알아채신다면 모든 방법을 동원해서라도 내가 그렇게 하지 못하도록 방해하실 것이란 생각이 든다. 나는 지금 몹시 못된 글을 쓰고 있고 부끄럽다. 하지만 어쩔 수 없다. 나는 카미샤의 정원에 가는 것이 꼭 필요하고 또한 즐거운 일이라고 생각한다. 하지만 그 일을 누구에게도—특히 부모님께—말해서는 안 된다. 나는 몹시 불행하다. 또한 동시에 매우 행복하기도 하다.

　수요일. 정원 한쪽 모퉁이에 몹시 뒤틀린 늙은 배나무 한 그루가 있다. 굵은 가지 하나가 담을 향해 뻗어 있다. 만일 그 가지 끝까지 걸어갈 수 있다면 나는 틀림없이 담 위에 발을 들여놓을 수 있을 것이다.

　일요일. 됐다! 늙은 배나무를 이용한 작전은 성공했다. 하지만 얼마나 무서웠던가! 한순간 내 두 다리는 벌어져 있었다. 한쪽 다리는 배나무 가지에, 다른 쪽 다리는 담 위에 놓이게 되었다. 나는 손으로 잡고 있던 나뭇가지를 감히 놓을 수 없었다. 살려 달라고 외칠 뻔했다. 마침내 뛰어내렸다. 순간적으로 나는 건너편 담으로 떨어졌다. 하지만 즉시 균형을 되찾았고 담 위에서 내려다보았던 카미샤의 정원을 관찰할 수 있었다.

　처음엔 기울어진 가시나무와 나무들, 가시덤불과 무성한 고사리들이 뒤섞인 푸른 덤불 숲, 그리고 내가 모르는 풀 더

미들밖에 보이지 않았다. 무척 깨끗하게 단장된 아빠의 정원
과는 정반대 되는 모습이었다. 나는 틀림없이 두꺼비들과 뱀
들이 득실거릴 그 처녀림 속으로 결코 들어갈 수 없으리라고
생각했다.

그래서 담 위를 걸었다. 쉬운 일은 아니었다. 대부분의 담이
나뭇가지와 잎으로 뒤덮여 있었으니까. 나는 어디에 발을 들
여놓았는지 알 수가 없었다. 돌이 떨어져 나간 곳도 있고 이끼
에 덮여 미끄러운 곳도 있었다. 하지만 이어서 몹시 놀라운 뭔
가를 발견했다. 비탈진 곳에 매우 가파른 나무 계단 같은 것—
고미 다락방에 올라가는 데 사용되는 두꺼운 사다리처럼—이
담에 놓여 있었다. 매우 오래 전부터 있었던 것 같았다. 나무
는 초록빛을 띠었고 벌레 먹은 곳이 있었다. 난간은 괄태충括
胎蟲으로 끈적거렸다. 그래도 내려가는데 참 편리했다. 그게
없었다면 어떻게 했을지 모르겠다.

난 이제 카미샤의 정원에 있다. 키 큰 풀들은 내 코까지 닿
는다. 나는 숲을 가로질러 나 있는 옛 오솔길—하지만 사라지
고 있는 중이다—을 걷고 있다. 이상하게 생긴 큼직한 꽃들이

내 얼굴을 어루만진다. 그 꽃에서 후추와 밀가루 냄새처럼 매우 감미로운 냄새가 난다. 하지만 그 냄새 때문에 숨쉬기가 약간 힘들기도 하다. 말하자면 그것이 좋은 냄새인지 나쁜 냄새인지 말하기가 불가능하다. 두 가지 냄새가 동시에 나는 것 같다.

약간 무섭다. 하지만 호기심이 나를 부추긴다. 여기에 있는 모든 것은 매우 오래 전부터 버려진 모습이다. 석양처럼 쓸쓸하면서도 아름다운 모습이다. 모퉁이를 돌아서고 다시 푸른 통로를 걷는다. 한복판에 포석이 놓인 둥근 빈터에 도착한다. 포석 위에 누군가가 앉아 있다.

누군지 알아맞혀 보세요. 카미샤. 녀석은 자신에게 다가가는 나를 조용히 바라보고 있다. 참 이상하다. 녀석은 아빠의 정원에 있을 때보다 크고 강건해 보인다. 하지만 분명히 그 녀석이다. 하얀 버터 같은 눈을 가진 고양이는 없으니까. 어쨌든 녀석은 침착하다. 아니 거의 위엄 있는 자세이다. 녀석은 미친 녀석처럼 도망치지 않는다. 그렇다고 내가 쓰다듬어 줄 수 있도록 녀석이 다가온 것도 아니다. 아니고 말고.

녀석은 일어나서 촛대처럼 꼬리를 곧게 세우고 조용히 빈터의 다른 쪽 끝으로 간다. 녀석은 나무 밑으로 들어가지 전에 멈추고 내가 자신을 뒤따라오는지 알아보려는 듯이 고개를 돌린다. 그래, 카미샤, 내가 가마! 내가 뒤따라가마! 녀석은 만족스럽다는 표정으로 오랫동안 지긋이 두 눈을 감는다. 이윽고 조용히 다시 출발한다. 나는 정말이지 녀석을 모르겠다. 그것은 내가 다른 정원에 있기 때문이다. 녀석은 이 왕국에서 진짜 왕 같다.

우리는 이따금씩 풀밭에서 사라지는 오솔길을 따라가면서 몇 바퀴를 돌고 또 모퉁이도 몇 번인가 돌았다. 이윽고 나는 우리가 도착했다는 것을 깨달았다. 카미샤가 다시 길을 멈추고 머리를 돌려 나를 바라본다. 그리곤 황금빛 두 눈을 천천히 감는다. 우리는 작은 숲의 기슭에 있다. 우리 앞쪽 광대한 둥근 잔디밭 중앙에 기둥으로 이루어진 별채가 있다. 깨지고 이끼 낀 대리석 걸상과 함께 오솔길이 그 건물을 빙 두르고 있다. 별채의 둥근 지붕 아래엔 한 조각상이 받침대 위에 앉아 있다. 그것은 등에 날개가 달린 완전히 벌거벗은 소

년상像이다. 그는 두 뺨에 보조개를 만들게 하는 슬픈 미소를 짓고 곱슬머리를 숙이고 있다. 그리고 손가락 하나를 입술을 향해 들어올리고 있다. 그가 떨어뜨린 작은 활, 화살통 그리고 화살이 받침대에 걸려 있다.

카미샤는 둥근 지붕 아래 앉아 있다. 녀석이 머리를 쳐들고 나를 바라본다. 녀석은 석상의 소년만큼이나 조용하다. 녀석은 석상처럼 신비한 미소를 짓고 있다. 그들—석상의 소년과 카미샤—은 같은 비밀—약간 슬프고 매우 감미로운 비밀—을 공유하고 나에게 그것을 알려주고 싶은 듯하다. 참 이상하다. 이곳에서는 모든 것이 우수에 잠겨 있다. 무너진 별채, 깨진 걸상들, 야생화로 가득 찬 헝클어진 잔디밭. 하지만 나는 무척 기쁘다. 나는 울고 싶은 한편 행복하다. 나는 잘 손질된 아빠의 정원과 반질반질한 엄마의 집으로부터 얼마나 멀리 떨어져 있는가! 내가 다시는 되돌아갈 수 없는 것은 아닐까?

나는 갑자기 신비한 소년과 카미샤 그리고 별채에 등을 돌렸다. 그리고 담을 향해 도망쳤다. 나는 미친 듯이 달렸다.

나뭇가지와 꽃이 내 얼굴을 후려쳤다. 내가 담에 도착했을 때 바퀴벌레 먹은 사다리가 제자리에 있는지 확실하지 않았다. 다행히도 그대로 있었다. 나는 황급히 담 위를 걸었다. 늙은 배나무를 이용해서 뛰어내렸다. 나는 지금 유년기의 정원에 와 있다. 이곳에서는 모든 것이 얼마나 깔끔하고 잘 정돈되어 있는가!

나는 나의 작은 방으로 올라간다. 나는 아무런 이유없이 오랫동안 무척 서럽게 울었다. 그리곤 한동안 잠들었다. 다시 깨어나서 거울에 비친 나를 바라보았다. 옷은 더러워지지 않았고 아무런 일도 없었다. 아 참, 약간의 피를 제외하곤. 내 다리에서 한 줄기 피가 흘러내렸다. 이상한 일이다. 나는 어디에도 할퀸 자국이 없는데. 그럼 이유가 뭘까? 어쩔 수 없지. 나는 거울에 다가갔다. 거울을 바짝 대고 얼굴을 바라보았다.

나는 파란 눈, 주홍빛 입술, 통통한 장밋빛 볼 그리고 물결 모양의 금발을 가지고 있다. 하지만 나는 더 이상 열 살 소녀의 모습이 아니다. 그럼 나는 어떤 모습일까? 나는 주홍빛 입술을 향해 손가락을 들어올렸다. 그리고 곱슬머리를 숙였다. 나는 신비한 표정을 지으며 미소를 지었다. 나는 내가 석상의 소년과 흡사하다는 것을 깨닫는다.

그때 내 눈꺼풀 가장자리에 고여 있는 눈물을 보았다.

수요일. 카미샤는 내가 녀석의 정원을 방문한 뒤로 매우 친밀해졌다. 녀석은 많은 시간을 양지에 누운 채 보냈다. 나는 녀석의 배가 매우 볼록하다는 것을 발견했다. 나날이 더욱 볼록해졌다.

녀석은 분명히 암코양이다.

카미샤트……

엄지 소년의 가출

La fugue du petit Poucet

성 탄 절   이 야 기

그날 밤 엄지 대장은 몇 주전부터 짓고 있던 알쏭달쏭한 표정을 바꾸고 자신의 계획을 밝히기로 결심한 듯했다. 그는 저녁식사를 마치고 디저트 시간에 한동안 명상하듯 침묵을 지킨 후 마침내 이야기를 꺼냈다.

"결국 이사하기로 결정했다. 비오리, 삐뚤어진 정자, 그리고 열 가지 채소와 세 마리 토끼를 키우는 자그만 정원은 이제 끝장이야!"

그는 아내와 아들이 이 엄청난 소식에 어떤 반응을 보일지 잘 관찰하려는 듯 입을 다물었다. 그리고 접시와 식탁용기를 밀어 제치고 방수포 위에 떨어진 빵 부스러기를 손등으로 긁어모았다.

"여기를 침실로 사용합시다. 저기가 욕실이고 저쪽이 거실과 부엌 그리고 방이 두 개 더 있소. 아파트의 크기는 벽장과 양탄자, 화장실과 네온등이 설치된 60평방미터요. 메르퀴르 고층아파트 24층. 뜻밖의 행운이지. 이해하겠소?"

그들은 정말로 이해했을까? 엄지 부인은 겁에 질린 표정으로 무서운 남편을 바라보았다. 그녀는 조금 전부터 점점 더 빈번히 꼼지락이더니 어린 피에르에게 머리를 돌렸다. 마치 그녀가 파리 나무꾼들의 대장인 아빠의 권위에 맞서는 일을 자식에게 맡기고 싶다는 듯이.

피에르가 용감하게 지적했다.

"24층이라고요? 그럼 성냥을 잊지 않고 가져가는 게 좋겠어요!"

엄지 대장이 대꾸했다.

"이 바보야! 거기엔 초고속 승강기가 네 대나 있어. 그런 현대식 건물에선 계단을 없애버렸지."

"바람이 불면 통풍을 조심해야겠어요!"

"통풍은 걱정하지 않아도 돼! 창문은 나사로 고정되어 있거든. 열리지도 않아."

엄지 부인이 용기를 내어 말했다.

"그럼 양탄자를 어떻게 털어요?"

"양탄자, 양탄자 말이지? 당신은 시골뜨기의 습관을 버려야 할 거야. 진공청소기를 갖게 될 거야. 세탁물도 마찬가지야. 당신도 계속해서 세탁물을 밖에 널어서 말리고 싶진 않을 거야."

피에르가 반박했다.

"창문이 나사로 고정되었다면 어떻게 숨을 쉬나요?"

"환기를 할 필요가 없지. 에어컨이 있거든. 송풍기가 더러워진 공기를 밤낮으로 배출하고 지붕에서 맑은 공기를 끌어모아 원하는 온도로 데워서 공급하는 거야. 방음이 되도록 창문을 나사로 고정시켜 닫아야 하는 거지."

"그처럼 높은 곳에 왜 방음장치를 해야 되나요?"

"응, 비행기 때문이지! 1킬로미터 떨어진 곳에 새로운 투쉬스르노블 활주로가 있다는 걸 상상해 봐. 45초마다 제트

비행기가 지붕을 스치듯 지나가지. 다행히도 건물은 밀폐되어 있어. 바다 밑에 있는 것처럼……. 자, 이상이야. 모든 게 준비됐고 12월 25일 이전에 이사할 수 있을 거야. 그것은 크리스마스 선물이 될 거야. 행운이지. 그렇지 않소?"

엄지 아빠가 치즈를 마저 먹기 위해 남은 적포도주를 비우는 동안 어린 피에르는 갑자기 식욕을 잃은 듯 서글픈 표정을 짓고 소당 크림을 접시에 펼쳐 놓는다.

엄지 아빠가 달랜다.

"아들아, 그건 현대식 생활이란다. 적응해야 해! 어쨌든 이 썩은 시골에서 영원히 파묻혀 지내고 싶지는 않을 거야! 더구나 공화국 대통령도 이렇게 말씀하셨단다. '파리는 자동차에 적응해야 한다. 틀림없이 모종의 아름다움이 피해를 입게 되겠지만.'"

피에르가 묻는다.

"모종의 아름다움이 어떤 것을 뜻하나요?"

엄지 아빠는 짧은 손가락으로 자신의 덥수룩한 까만 머리를 긁적인다. 애들이란 언제나 바보 같은 질문을 한단 말이야!

"아름다움, 아름다움이라……, 그렇지. 그건 나무지!" 엄지 아빠는 안도의 한숨을 내쉰다. "피해를 입는다는 것은 나무를 베어내야 한다는 것을 뜻하지. 아들아, 대통령은 나와 내 부하들에게 그런 식으로 암시한 거야. 파리 나무꾼들에 대한 멋진 존경의 표현이지. 그리고 우리는 그런 존경을 받을 만하지. 우리가 그 많은 나무들을 베지 않으면 대로와 주차장을 만들 수 없을 테니까. 파리는 겉보기와는 달리 나무들로 가득하기 때문이야. 파리는 진짜 숲이야! 사실 옛날엔 정말로 그랬지. 우리 나무꾼들은 파리의 나무들을 자르기 위해 있지. 엘리트 나무꾼들이야. 우리는 마무리 작업을 하는 전문가들이거든. 도시 한복판에서 주위에 있는 것을 전혀 망가뜨리지 않고 25미터나 되는 플라타너스를 쓰러뜨리는 일이 쉽다고 생각하니?"

엄지 아빠는 자신의 이야기에 흥이 올랐다. 그 무엇도 그의 이야기를 멈추게 할 수 없을 것이다. 엄지 부인은 설거지를 하기 위해 일어났고 피에르는 열중해서 듣는 체하며 아빠에게 시선을 고정시킨다.

"생루이 섬과 도핀 광장의 커다란 포플러들을 소시지 조각 처럼 토막내서 밧줄로 묶어 하나씩 내려야 했지. 그 모든 나무들을 유리창 하나 깨뜨리지 않고 자동차 한 대 찌그러뜨리지 않고 말이야. 우리는 파리 시의회의 찬사를 받을 권리도 있었지. 그건 합당한 일이야. 왜냐하면 수천 대의 자동차들이 시속 100킬로로 모든 방향으로 질주할 수 있을 만큼 파리가 거미줄처럼 얽힌 고속도로와 철제육교로 변한다면 제일 먼저 누구 덕분이겠어? 쓸데없는 물건들을 치우는 나무꾼들 덕분이잖아!"

"제 장화는 어떻게 됐어요?"

"무슨 장화 말이냐?"

"아빠가 크리스마스 선물로 장화를 사 주신다고 약속했잖아요?"

"내가 장화를? 물론 그랬지. 장화는 이곳 정원의 진창 속에서 걷기엔 안성맞춤이지. 하지만 아파트에선 그럴 수 없어. 아래층 사람들이 뭐라고 하겠니? 그럼, 내가 한 가지 제안하

70

마. 장화 대신에 컬러 텔레비전을 사 주마. 훨씬 낫지 않니? 너도 그걸 원할 거야. 그렇게 하자!'

파리 나무꾼들의 대장은 남자답게 솔직하게 미소를 지으며 아들의 손을 잡는다.

저는 네온사인도 에어컨도 원하지 않아요. 저는 나무와 장화를 더 좋아해요. 영원히 안녕.

- 당신의 외아들 피에르 올림.

'부모님은 또 내가 아기처럼 글을 쓴다고 말하겠지.' 피에르는 작별편지를 다시 읽으면서 억울한 듯 투덜댄다. 철자법은 정확할까? 편지에서 철자법이 틀린 것만큼 우습게 자존심을 구기는 것도 없잖아. 비장한 자세로 확인한다. 장화. 분명히 두 글자지? 장화는 두 짝이니까 틀림없을 거야.

편지는 분명히 부엌 식탁 위에 접혀 있다. 부모님은 친구들 집에서 저녁식사를 마치고 돌아와서 편지를 발견하게 될 것이다. 그때쯤이면 피에르는 멀리 가 있을 것이다. 혼자서?

꼭 그렇지만은 않다. 피에르는 작은 정원을 가로지른다. 고리바구니를 팔 밑에 끼고 세 마리 토끼를 넣어둔 토끼장으로 향한다. 토끼들도 24층이나 되는 고층아파트를 좋아하지 않을 테니까.

피에르는 이제 큰길 가에 있다. 랑부이예 숲으로 가는 국도 306번. 그가 가고 싶은 곳은 그 숲이니까. 그것은 분명히 막연한 생각이다. 그는 지난 방학 때 비에이유 에글리즈 마을의 연못 주위에 모여 있던 캠핑 트레일러들을 보았다. 어쩌면 몇몇 캠핑 트레일러는 아직도 그곳에 있을 것이다. 혹시 그들이 그를……

12월의 밤은 일찍 시작되었다. 피에르는 사람들이 그에게 언제나 얘기한 것과는 반대로 도로 오른쪽을 따라 걷고 있다. 하지만 차를 얻어 타려면 어쩔 수 없다. 불행하게도 자동차들은 크리스마스 전전날이기 때문인지 매우 바쁜 모습이다. 자동차들은 다른 차와 교차할 때 사용하는 하향등을 켜지도 않은 채 질풍처럼 지나간다. 피에르는 오랫동안, 아주 오랫동안 걷는다. 아직까지는 피곤하지 않다. 하지만 그는 점점 더 자주 오른팔에서 왼팔로, 왼팔에서 오른팔로 바구니를 바꿔 든다. 마침내 강렬한 불빛과 색깔 그리고 소음의 외딴 섬. 그것은 주유소이다. 옆에는 자질구레한 제품이 잔뜩 진열된 가게가 있다. 육중한 트레일러 트럭이 주유기 옆에 멈춰 있다. 피에르가 기사에게 다가간다.

"랑부이예 방향으로 가는데 태워주시겠어요?"

기사가 의심스러운 눈으로 피에르를 바라본다.

"적어도 도망치는 것은 아니겠지?"

그때 토끼들이 기발한 착상을 꾸며낸다. 녀석들이 차례대로 바구니에서 머리를 내민다. 가출할 때 토끼를 바구니에 담아 가져가는 사람도 있을까? 기사는 안심한다.

"좋아, 데려다주마!"

피에르가 육중한 트럭을 타고 여행하는 것은 이번이 처음이다. 좌석이 참 높기도 하다! 코끼리 등에 있는 것 같다. 불빛이 어둠으로부터 주택의 벽면, 나무의 환영, 보행자와 자전거 타는 사람의 윤곽을 순간적으로 솟아나게 한다. 크리스트 드 사클레를 지나자 도로는 더욱 좁고 구불구불하다. 진짜 시골에 도착한 것이다. 생 레미, 슈브뢰즈, 세르네. 이젠 다 왔다. 우리는 숲 속으로 들어간다.

피에르는 되는 대로 말한다.

"1킬로쯤 가서 내릴 거예요."

사실 피에르는 벌벌 떨고 있다. 트럭이 떠나면 배를 버리고 바다에 뛰어드는 느낌이다. 몇 분 후 트럭이 길가에 멈춘다.

기사가 설명한다.

"여기서 오랫동안 정차할 수 없단다. 자, 모두 내려!"

그런데 기사는 의자 밑에 손을 넣어 보온병을 꺼낸다.

"괜찮다면 헤어지기 전에 따뜻한 포도주 한 잔해. 늙으신 어머님이 언제나 이렇게 준비해 주시지. 난 설탕을 넣지 않은 백포도주를 더 좋아하지만."

달콤한 술은 목이 타는 것처럼 독하고 계피 냄새가 난다. 어쨌든 술은 술이다. 트럭이 '부릉부릉' 하고 요란한 소리를 내면서 흔들릴 때 피에르는 약간 취한다. 피에르는 어둠 속으로 사라지는 트럭을 바라보면서 생각한다. '정말로 코끼리 같아. 하지만 꽃 전구와 빨간 불빛 때문에 크리스마스 트리 같은 코끼리.'

크리스마스 트리 같은 트럭은 모퉁이에서 사라지고 밤이 피에르를 뒤덮는다. 하지만 아직은 완전한 밤은 아니다. 구름 낀 하늘이 희미한 인광을 발산한다. 피에르는 걷는다. 연못으로 가려면 오른쪽 좁은 길로 접어들어야 한다고 생각한다. 곧바로 길이 나온다. 하지만 왼쪽에 길이 있다. 할 수 없지! 확실하지 않다. 왼쪽 길로 가지 뭐. 틀림없이 그 뜨거운 포도주 때문일 거야. 그걸 마시는 게 아니었는데. 졸려서 쓰러질 것 같다. 게다가 이 망할 놈의 바구니가 허리를 무척 아프게 한다.

나무 밑에서 잠깐 쉴까? 가령 주변에 바싹바싹한 가시 양탄자를 뿌려놓은 전나무 아래서? 자, 토끼들을 꺼내자. 살아 있는 토끼는 따뜻하다. 이불을 대신할 수 있다. 말하자면 살아 있는 이불이다. 토끼들은 피에르에게 찰싹 들러붙고 삐죽한 코를 옷 속에 파묻는다. 피에르는 미소를 지으며 생각한다. '난 땅굴이네. 살아 있는 땅굴.'

별들이 피에르 주위에서 은처럼 맑게 웃고 소리치며 춤을 춘다. 별들이라고? 아니다. 초롱불이다. 초롱불을 들고 있는 것은 난쟁이들이다. 난쟁이들이라고? 아니다. 꼬마 소녀들이다. 그녀들은 피에르 주위에 몰려든다.

"꼬마 소년이야! 길을 잃었나봐! 버려진 모양이야! 자고 있네!"

피에르가 깨어난다.

"안녕! 안녕! 히히히! 네 이름이 뭐니? 나는 나딘이야. 그리고 크리스틴, 카린, 알린, 사빈, 에르멜린, 델핀."

그녀들은 서로 밀치며 킥킥 웃음을 터뜨리고 초롱불은 더욱 아름답게 춤을 춘다. 피에르는 주위를 더듬었다. 바구니는 여전히 그곳에 있지만 토끼들은 사라졌다. 피에르는 일어선다. 일곱 명의 꼬마 소녀들이 피에르를 에워싸고 데려간다. 저항하는 것은 불가능하다.

"우리 가족의 성姓은 '로그르'(식인귀를 뜻하는 불어_역주)야. 우리는 자매들이지."

다시 한번 떠들썩한 웃음소리가 터지자 일곱 개의 초롱불이 흔들린다.

"우리는 이 근처에 살아. 저기 나무들 속에 불빛이 보이지?

그런데 넌 어디에서 온 거야? 이름은 뭐고?'

그녀들이 그의 이름을 물어본 것은 이번이 두 번째다. 그는 또박또박 이름을 댄다. "피·에·르" 모두 한꺼번에 소리친다. "어, 이 아이가 말할 줄 아네! 말을 해! 이름이 피에르래! 우리가 널 로그르에게 소개시켜 줄게."

집은 온통 나무다. 규석 토대를 제외하곤. 그것은 몇 개의 건물을 엉성하게 이어서 만든 복잡하고 낡아빠진 집이다. 하지만 피에르는 이미 커다란 공동거실에 끌려들어가 있다. 처음엔 통나무가 타오르는 거대한 난로만이 보인다. 장작불 왼쪽에서 버들가지로 엮어 만든 커다란 안락의자가 눈에 띈다. 진짜 왕좌 같다. 고리, 끈, 가로대, 장미꽃 무늬, 화관 등으로 장식된 가볍고 경쾌한 왕좌. 안락의자 틈새로 불꽃이 반짝인다.

일곱 명의 꼬마 소녀들이 동시에 설명한다.

"우리는 여기서 먹고 노래하고 춤추고 서로 이야기해. 저쪽 옆에 우리 방이 있어. 저 침대는 우리 모두가 함께 사용해. 봐, 무척 크지?'

실제로 피에르는 그처럼 넓고 정확하게 네모진 침대를 본 적이 없다. 털이불은 커다란 빨간 공처럼 부풀어져 있다. 머리맡에는 평안하게 잠을 잘 수 있도록 액자 안에 '사랑하시오. 전쟁을 하지 마시오' 라는 문구가 수놓아져 있다. 일곱 꼬마 요정들은 피에르를 다른 방으로 데려간다. 양털과 밀랍 냄새가 나는 넓은 작업실인데 밝은 목재 베틀이 대부분의 공간을 차지하고 있다.

"엄마가 옷감을 짜는 곳이야. 엄마는 옷감을 팔러 지방에 가셨어. 우리는 아빠와 함께 엄마를 기다리고 있어."

피에르는 이상한 가족이라고 생각한다. 엄마가 일하고 아빠가 집을 보다니!

모두들 다시 공동거실의 벽난로 앞에 모인다. 안락의자가 움직인다. 공기처럼 가벼운 의자에 누군가가 있었다. 백조의 목처럼 구부러진 의자의 양쪽 손잡이 사이에 누군가가 있었다.

"아빠, 피에르야!"

로그르가 일어섰다. 그리고 피에르를 바라본다. 로그르는 키가 무척 크다! 진짜 숲속의 거인 같다! 하지만 날씬하고 유연한 거인이다. 모든 면에서 부드러운 거인. 이마를 가리는 끈으로 묶은 긴 금발머리, 곱슬곱슬하고 비단처럼 부드러운 황금수염, 다정한 파란 눈, 꿀 빛깔의 가죽옷, 섬세하게 조각된 은 보석, 장식용 줄, 목걸이, 버클이 포개지는 세 개의 허리띠, 그리고 아, 특히 다갈색 사슴가죽으로 만든 부드러운 커다란 장화. 무릎까지 올라오는 장화에도 사슬, 고리, 메달 따위로 덮여 있다.

피에르는 감탄해 마지않는다. 뭐라고 말해야 할지 모른다. "당신은 아름다워요. 마치……"라고 말한 다음 말을 잊는다. 로그르가 미소짓는다. 그는 하얀 이를 전부 드러내놓고 웃는다. 목걸이, 수놓은 조끼, 사냥용 바지, 비단 셔츠, 그리고 아, 특히 높다란 장화도 웃는 듯하다.

로그르가 재촉한다.

"뭐처럼 아름답다고?"

당황한 피에르는 자신의 놀라움과 경탄을 가장 잘 표현할 수 있는 단어를 찾는다. 그는 마침내 또박또박 말을 꺼낸다.

"당신은 여자처럼 아름다워요!"

꼬마 소녀들이 웃음을 터뜨린다. 로그르도 웃는다. 결국 로그르 가족과 함께 마음이 누그러져 행복한 피에르도 웃는다.

로그르가 말한다.

"식사하자구나."

식탁 주위에서 서로 밀고 잡아당기느라 난리가 났다. 꼬마 소녀들이 모두 피에르 옆에 앉고 싶은 것이다!

로그르가 상냥하게 상기시켜 준다.

"오늘은 사빈과 카린이 식사준비를 할 차례구나."

피에르는 채로 썬 당근을 제외하곤 두 자매가 식탁 위에 가져다놓은 요리를 본 적이 없다. 하지만 모두 즉각 자유롭게 떠다먹기 시작한다. 요리에는 마늘 퓌레(야채를 삶아서 짓이겨 거른 걸쭉한 음식_역주), 현미밥, 검은 무, 포도로 만든 설탕, 플랑크톤 조림, 볶은 콩, 끓인 순무, 그리고 생우유와 단풍나무 진으로 만든 시럽을 적신 기막힌 음식들이 있는데, 피에르는 두 눈을 감고 삼킨다. 모든 음식은 신뢰할 수 있고 진미다.

식사를 마치자 여덟 명의 아이들은 벽난로 주위에 반원으로 앉는다. 로그르는 벽난로 구멍에서 기타를 꺼내서 처음엔 쓸쓸하고 아름다운 몇 가지 화음을 연주한다. 하지만 노랫소리가 높아지자 피에르는 놀라워 소스라치면서 주의 깊게 일곱 자매의 얼굴을 관찰한다. 그런데 소녀들은 조용히 귀를 기울이고 듣고 있다. 가냘픈 목소리, 가장 높은 전음顫 音까지 어렵지 않게 올라가는 소프라노는 분명히 로그르의 검은 윤곽에서 나온 것이다.

피에르의 놀라움은 완전히 끝났을까? 하지만 아닌 것 같다. 소녀들이 담배를 돌리고 옆에 있던 소녀—나딘인가? 아니면 에르멜린인가?—가 격식을 차리지 않고 피에르의 입술에 담배를 밀어넣고 불을 붙여준다. 약간 맵고 동시에 약간 달콤한 이상야릇한 냄새를 지닌 담배. 담배 연기는 어두운 공간에 푸른 천처럼 나부끼면서 마음을 가볍게 만들어준다.

로그르는 안락의자에 기타를 기대어놓는다. 그리고 명상하듯 오랫동안 침묵을 지킨다. 마침내 희미하고 진지한 목소리로 이야기를 시작한다.

"내 이야기를 잘 들으렴. 오늘밤은 연중 가장 긴 밤이란다. 그래서 너희들에게 세상에서 가장 중요한 이야기를 해주련다. 나무에 관한 이야기란다."

그는 또다시 한참 동안 침묵을 지키고 나서 이야기를 꺼낸다.

"내 이야기를 잘 들으렴. 낙원이란 어떤 것이었을까? 그것은 숲이었단다. 그냥 숲이라기보다는 잘 가꾸어진 숲이지. 나무들이 상당한 간격을 두고 말끔하게 심어져 있었고 잡목림이나 가시덤불도 없었으니까 말이다. 특히 나무마다 종류가 달랐기 때문이지. 요즘과 같지 않았지. 가령 우리는 이곳에서 몇 헥타르의 전나무 숲에 이어서 수백 그루의 자작나무를 볼 수 있지. 어떤 종류였을까? 이제는 지상에서 마주칠 수 없는 잊혀졌고 알 수 없으며 기이하고 기적 같은 나무들이었지. 너희들은 이제 그 이유를 알게 될 거야. 실제로 그 나무마다 열매가 있었고 각 종류의 과일마다 마술 같은 특별한 미덕을 가지고 있었지. 어떤 과일은 선과 악을 알게 해 주었단다. 그 과일은 낙원의 제1호였지. 제2호 과일은 영원한 생명을 부여했지. 그것 역시 대단한 과일이었지. 그밖에도 온갖 종류의 과일이 있었단다. 원기를 돋구는 과일, 창의력을 기르는 과일, 그리고 야훼 하느님의 특권에 속하는 온갖 장점과 미덕, 즉 지혜, 편재, 아름다움, 용기, 사랑을 얻게 해 주는 과일들이 있었지. 야훼 하느님은 물론 그런 특권을 혼자만 간직하고 싶으셨어. 그런 곡절로 야훼 하느님께서는 아담에게 말했지.

'만일 네가 제1호 나무의 과일을 먹는다면 넌 죽으리라.'

야훼 하느님은 진실을 말했을까? 아니면 거짓말을 했을까? 뱀은 하느님이 거짓말을 했다고 주장했지. 아담은 그 과일을 먹기만 하면 되었지. 그 과일을 먹으면 그가 죽게 될 것인가 아니면 야훼 자신처럼 선과 악을 알게 될 것인가 분명히 알게 되지 않겠니? 이브가 부추기자 아담은 먹어보기로 결심하지. 그 과일을 덥석 깨물었지. 그런데 죽지 않은 거야. 반대로 그의 두 눈이 번쩍 열리게 되었지. 그는 선과 악을 알게 된 거야. 그러니까 야훼 하느님이 거짓말을 한 것이지. 그리고 진실을 말한 것은 뱀이지.

야훼 하느님은 당황하셨지. 더 이상 두려워하지 않게 된 인간은 금지된 모든 과일들을 먹게 될 것이고 단계적으로 제2의 야훼가 되겠지. 야훼는 부랴부랴 제2호 나무—영원한 생명을 주는 나무—앞에 타오르는 불칼을 든 게루빔(지품천사, 제2의 천사_역주)을 배치하여 보호했어. 이어서 '마술의 숲' —에덴동산—에서 아담과 이브를 쫓아내고 '나무 없는 나라' —사막—로 추방시킨 거야.

따라서 인간이 받은 저주는 인간이 식물계界에서 쫓겨나서 동물계에 떨어진 것이란다. 그런데 동물계란 무엇인가? 그것은 사냥, 폭력, 살인, 공포지. 반대로 식물계는 대지와 태양의 결합 속에서 조용히 성장하는 것이지. 그렇기 때문에 모든 지혜의 근간은 채식하는 사람들이 숲에서 실시하는 나무에 대한 명상이란다."

로그르는 일어나서 벽난로 속에 장작개비를 던진다. 그리고 제자리에 돌아와서 한참 동안 침묵을 지킨다.

"내 이야기를 잘 들으렴. 나무란 무엇인가? 먼저 나무는 공중의 나뭇가지와 지하의 뿌리 사이의 균형이야. 순수하게 역학적인 이 균형만으로도 한 가지 철학을 포함하고 있지. 뿌리가 나무 전체를 더욱 견고하게 지탱하기 위해 더욱 깊게 뻗고 점점 더 많은 잔뿌리로 나눠지는 만큼 나뭇가지가 자라고 확대되어 점점 더 넓은 하늘의 공간을 껴안을 수 있다는 것은 분명하니까. 나무를 아는 사람들은 몇몇 나무들—특히 서양삼나무—이 뿌리가 감당할 수 없는데도 무모하게 가지를 성장시킨다는 것을 알고 있지. 이 문제는 나무가 서 있는 지형에 전적으로 달려 있지. 만일 지반이 부드럽고 약한 곳에 심어진 나무라면 폭풍이 몰아치면 거목은 쓰러지고 말지. 그래서 나무마다 우리에게 이렇게 말한단다.

크게 되고 싶으면 싶을수록 더욱더 기초를 튼튼히 쌓아라.

그게 전부가 아니지. 나무는 살아 있는 존재지. 하지만 동물과는 전혀 다르게 살아가지. 우리가 숨을 들이마실 때 근육은 공기를 가득 채워 가슴을 부풀리고 우리는 숨을 내쉬

지. 숨을 들이마시고 내쉬는 것은 우리가 날씨와 바람 그리고 햇볕에 상관없이 홀로 제멋대로 취한 결정이야. 우리는 나머지 세상과 적처럼 단절된 채 살고 있어. 반대로 나무를 바라봐. 나무의 허파는 잎이지. 잎은 바람이 이동하고 싶을 때만 공기를 바꿔. 나무의 호흡작용은 바람이지. 바람의 움직임은 곧 나무의 움직임, 즉 잎, 배胚, 작은 줄기, 잔가지, 작은 가지, 가지 그리고 줄기의 움직임이지. 바람의 움직임은 또한 흡입작용, 발산작용 그리고 증산蒸散작용이지. 또한 나무는 태양도 필요해. 나무는 태양이 없으면 살 수 없지. 나무는 바람과 태양이 만들어낸 한 식물에 불과하지. 나무는 바람과 태양이라는 우주의 유방을 직접 빠는 거야. 나무는 기다리기만 하면 되지. 나무는 바람과 태양을 기다리는 거대한 잎의 그물에 불과해. 나무는 바람과 햇살을 잡는 덫이야. 나무가 살랑거리면서 빛의

화살들이 사방으로 도망치게 내버려둘 때는 바람과 태양이라는 두 마리의 커다란 물고기가 지나는 길에 '엽록소 그물' 속에 걸려든 때이지."

로그르는 정말로 이야기하고 있는 것일까? 아니면 그의 생각이 모두들 계속 피워대는 묘한 담배 연기의 푸른 날개를 타고 전해지는 것일까? 피에르는 물어볼 용기가 나지 않는다. 사실 피에르는 커다란 나무—피에르는 이유는 모르겠지만 꼭 마로니에라고 생각한다—처럼 공중에서 나부끼고 로그르의 이야기는 반짝이고 살랑거리는 소리를 내며 그 가지

에 머물러 온다.

이어서 무슨 일이 일어났을까? 피에르는 꿈속에서처럼 네
모진 커다란 침대와 방을 가로질러 떠다니는 많은 옷들—일
곱 명의 꼬마 소녀들과 한 명의 꼬마 소년의 옷—그리고 즐
거운 소리를 치며 소란스럽게 떼미는 장면을 다시 본다. 곧
이어 엄청 큰 털이불 속에서 보내는 포근한 밤, 피에르 주위
에서 꼼지락거리는 귀여운 몸뚱이들과 열네 개의 손이 어찌
나 깜찍하게 간지럽히던지 숨이 막힐 정도로 웃는다.

고약한 불빛이 창문에서 어른거리고 갑자기 날카로운 호
각소리가 들린다. 누군가가 대문을 쾅쾅 두드린다. 꼬마 소
녀들은 찢어진 커다란 침대에 피에르를 혼자 남겨두고 참새
떼처럼 흩어진다. 대문을 두들기는 소리가 더욱 커진다. 나
무 줄기를 도끼로 찍는 소리 같다.

"경찰이다! 문을 즉각 여시오!"

피에르는 일어나서 서둘러 옷을 입는다.

"안녕, 피에르."

피에르는 밤새도록 이야기를 들려준 부드럽고 아름다운

목소리를 알아보고 돌아선다. 로그르가 앞에 있다. 그는 이제 가죽옷도 보석도 이마에 둘러맨 끈도 없다. 그는 맨발에 생마포로 만든 긴 웃옷을 걸쳤을 뿐이다. 가운데에 가리마로 나뉘어진 머리카락은 자유롭게 어깨 위로 흘러내린다.

로그르가 엄숙하게 말한다.

"야훼의 병사들이 나를 체포하러 왔단다. 하지만 내일이 성탄절인데. 집이 털리기 전에 나를 기념하여 '사막'에서 함께 지낼 물건을 하나 선택하렴."

피에르는 로그르를 따라 넓은 거실로 간다. 벽난로의 맨틀피스는 차가운 잿더미밖에는 남지 않았다. 로그르는 막연한 손짓으로 식탁과 의자 위에 흩어져 있고 벽에 걸려 있고 바닥에 잔뜩 널려 있는 이상하고 시적인 물건들―순수하고 야생적인 보물들―가리킨다. 하지만 피에르는 세공한 단검, 요대의 버클, 여우 털 조끼, 왕관, 목걸이 혹은 반지를 쳐다보지도 않는다. 아니지. 피에르는 식탁 밑에 놓인 장화 한 켤레만을 보고 있다. 장화의 긴 목은 코끼리 귀처럼 어설프게 옆으로 늘어져 있다.

로그르가 피에르에게 말한다.

"그 장화는 네겐 너무 크구나. 아무래도 좋다. 외투 속에 감추거라. 집에서 너무 지루할 땐 방문을 열쇠로 잠그고 장화를 신으렴. 그러면 장화가 너를 나무들의 나라로 데려다 줄 거야."

바로 그때 대문이 요란스럽게 열리고 세 명의 남자들이 집 안으로 몰려든다. 그들은 헌병대 제복을 입고 있다. 피에르는 그들 뒤에서 파리 나무꾼들의 대장이 달려오는 것을 보고도 놀라지 않는다.

헌병대 한 명이 로그르 면전에서 소리친다.

"이제는 마약 밀매와 상용만으로는 충분하지 않소? 이렇게 꼭 미성년자 유괴죄를 범해야만 하오?"

로그르는 아무런 말도 하지 않고 손목을 내민다. 수갑을 채우는 소리가 들린다. 엄지 아빠는 아들을 알아본다.

"아, 너 여기 있구나! 난 확신하고 있었지! 차에 가서 기다려라. 자, 뛰어가!"

그리고 나서 엄지 아빠는 노기등등하게 구역질나는 현장

검사에 뛰어든다.

"나무는 버섯과 악덕을 급속도로 번식시키지. 당신들은 불로뉴 숲이 어떤 곳인지 아시오? 노천 사창가야! 자, 내가 막 찾아낸 것 좀 보시오!"

헌병대 반장은 수놓은 액자를 들여다본다.

사랑하시오. 전쟁은 하지 마시오!

반장이 수긍한다.

"이건 확실한 증거이군. 미성년자의 방탕을 선동하고 군대의 사기를 떨어뜨리는 문구이니까. 참으로 천박한 표현이군!"

메르퀴르 고층아파트 24층. 엄지 아빠와 그의 부인은 컬러 텔레비전에서 익살광대의 모자를 쓴 남자들과 여자들이 서로의 얼굴에 색종이 조각과 테이프를 던지는 장면을 바라보고 있다. 크리스마스 전야제를 하고 있는 것이다.

피에르는 자기 방에 혼자 있다. 그는 열쇠로 방문을 잠그고 침대 밑에서 황금빛 도는 가죽으로 만든 두 짝의 커다란 장화를 끄집어낸다. 장화를 신는 일은 어렵지 않지만 그에겐 너무 크다! 걷기엔 무척 불편할 것이지만 용도는 그게 아니다. 이 장화는 꿈의 장화니까.

피에르는 침대에 눕는다. 그리고 눈을 감는다. 그는 매우 멀리 갔다. 그는 크림색 촛대처럼 세워진 꽃이 달린 거대한 마로니에가 된다. 그는 움직이지 않는 푸른 하늘에 떠 있다. 그런데 갑자기 한 줄기 바람이 지나간다. 피에르는 부드럽게 살랑거리는 소리를 낸다. 그의 수천 개의 푸른 날개가 공중에서 파닥거린다. 그의 가지는 축복하는 몸짓처럼 흔들리고 햇살이 부채꼴처럼 펼쳐지더니 청록색 잎의 그늘 속에서 닫혀진다. 그는 무척 행복하다. 커다란 나무…….

로빈슨 크루소의 최후

La fin de Robinson Crusoé

"여기에 있었소! 자, 보시오. 북위 9도 22분에 있는 트리니다드(서인도 제도 최남단, 베네수엘라 북동안에 있는 섬_역주) 앞 바다에. 틀림없소!"

술꾼은 기름 얼룩으로 더럽혀진 너덜너덜한 지도 조각을 거무스름한 손가락으로 툭툭 쳤다. 그가 열정적으로 주장할 때마다 탁자를 에워싸고 있던 어부들과 부두 일꾼들이 웃음을 터뜨렸다.

사람들은 그 술꾼을 알고 있었다. 그는 이 지역에서 특별한 지위를 누리고 있었다. 사람들은 술자리를 마련해서 쉰 목소리로 늘어놓는 그의 이야기를 듣곤 했다. 그의 모험은

대부분이 그렇듯이 멋진 동시에 비통했다.

40년 전 그는 다른 많은 사람들과 함께 바다에서 실종되었다. 고향 사람들은 같은 배에 탔던 사람들의 명단과 함께 그의 이름을 교회 내부 벽에 새겼다. 그리고 그의 존재를 잊었다.

하지만 22년 뒤 그가 한 흑인을 데리고 텁수룩하고 무뚝뚝한 모습으로 다시 나타났을 때 그를 몰라볼 정도는 아니었

다. 그가 기회가 닿는 대로 털어놓은 이야기는 깜짝 놀랄 만
한 것이었다. 그는 염소와 앵무새가 서식하는 어느 섬에 표
류했는데 난파선의 유일한 생존자였다. 그는 나중에 식인종
들로부터 그 흑인의 목숨을 구했다. 마침내 영국 국적의 한
스쿠너선船이 그들을 발견했다. 그는 당시에 카리브해에서
꽤나 쉽게 거래되었던 다양한 무역 덕분에 상당히 많은 돈을
번 다음 귀국했다.

　모두 그를 환영했다. 그는 딸 또래의 한 아가씨와 결혼했
다. 이러한 정상생활은 언뜻 보아 운명의 장난으로 빛나는 초
원과 새들의 울음소리로 가득 찬 섬에서 보냈던 기나긴 공백
기─남들이 이해할 수 없는─를 완전히 만회하는 듯했다.

　하지만 그렇게 보였을 뿐이었다. 사실 해가 거듭될수록
갈등의 효소가 내부에서부터 은밀히 로빈슨의 가정생활을
갉아먹고 있었다. 흑인 하인 방드르디가 먼저 무너졌다.
방드르디는 처음 몇 달 동안은 나무랄 데 없이 잘 처신했
다. 그러다가 처음에는 조심스럽게 술을 마시기 시작하더
니 나중에는 점점 더 요란하게 떠들며 마셔댔다. 이어서 방

드르디는 생테스프리 고아원에서 생활하던 두 명의 아가씨를 건드려 거의 동시에 두 명의 혼혈아—그를 꼭 닮은—를 낳게 했다. 그 이중의 범죄는 그의 짓이 분명했다.

하지만 로빈슨은 이상하리 만큼 필사적으로 방드르디를 옹호했다. 로빈슨은 왜 방드르디를 해고하지 않았을까? 도대체 어떤 비밀—아마도 고백할 수 없는—이 로빈슨과 그 흑인을 그토록 결속시켰을까?

어느 날 그들의 이웃집이 엄청난 금액을 도둑맞았다. 방드르디는 사람들이 의심을 하기도 전에 사라져버렸다.

로빈슨이 투덜거렸다.

"바보 같은 자식! 떠날 경비가 필요하면 나한테 말만 했어도 들어줬을 텐데."

로빈슨은 경솔하게도 이렇게 덧붙였다.

"더구나 난 그 녀석이 간 곳을 알고 있지!"

피해자는 그 말을 트집잡아 로빈슨에게 돈을 대신 갚던지 아니면 도둑놈을 넘겨달라고 요구했다. 로빈슨은 몇 번 항변한 후 돈을 지불했다.

하지만 그날부터 로빈슨은 점점 더 침울해졌고 부두와 항구의 선술집에서 배회했다. 그는 이따금씩 이렇게 뇌까렸다.

"녀석은 그곳으로 되돌아갔어. 그렇고 말고. 녀석은 지금쯤 그곳에 있을 거야!"

로빈슨과 방드르디는 실제로 말로 표현할 수 없는 모종의 비밀을 공유하고 있었다. 그 비밀이란 로빈슨이 귀국 즉시 항구의 지도 제작자를 통해 카리브 해상에 추가시킨 자그마한 '푸른 점'이었다. 어쨌든 그 섬은 로빈슨이 청춘을 보냈고 멋진 모험을 했던 찬란하고 고독한 정원이었다. 로빈슨은 비가 많이 내리는 이 하늘 아래서, 끈적거리는 이 도시에서, 이 상인들과 퇴직자들 가운데서 무엇을 기대하고 있었을까?

심리 분석에 뛰어난 젊은 부인이 제일 먼저 로빈슨의 이상야릇하고 견디기 힘든 슬픔을 간파했다.

"당신 이곳 생활에 싫증났지요? 분명히 그럴 거예요. 자, 그리우면 그립다고 고백하세요!"

"내가? 당신 미쳤소? 내가 누구를, 무엇을 그리워한단 말이오?"

"물론 당신의 무인도지요! 내일이라도 당장 떠나고 싶은 당신을 붙잡는 것이 무엇인지 알아요. 바로 나지요! 가세요!"

로빈슨은 큰 소리로 아니라고 우겼다. 하지만 그가 소리를 크게 지르면 지를수록 그녀는 자신이 정확하게 보았다고 더욱 확신했다. 그녀는 로빈슨을 다정스럽게 사랑했고 그의 의견에 전혀 거절할 줄 몰랐다. 마침내 그녀는 죽었다. 로빈슨은 즉시 집과 밭을 팔고 카리브해로 가기 위해 범선을 한 척 빌렸다.

또 많은 세월이 흘렀다. 사람들은 다시 로빈슨을 잊기 시작했다. 하지만 그가 다시 되돌아왔을 때 그는 첫 번째 여행 후보다 훨씬 더 많이 변해 보였다.

로빈슨은 어느 낡은 화물선에서 주방장 조수로 일하면서 항해했다. 그때 그는 의욕을 상실하고 술독에 빠진 늙은이가 되었다.

그의 이야기는 폭소를 일으켰다. 그는 자신의 섬을 찾을 수가 없었다는 것이었다! 몇 달 동안 악착스레 찾아 헤맸지만 그 섬을 발견할 수 없었다. 그는 탐사의 실패로 미친 듯이 절망하고 기진맥진했다. 그는 행복과 자유의 땅을 되찾기 위해 모든 힘과 돈을 썼지만 그 섬은 영원히 바다 속에 삼켜진 것 같았다.

로빈슨은 그날 밤 손가락으로 지도를 가리키면서 다시 한 번 더 뇌까렸다.

"하지만 분명히 그 섬은 이곳에 있었어!"

그때 어느 늙은 키잡이가 무리들 가운데서 일어나 그에게 다가와 어깨를 툭 치며 말했다.

"로빈슨, 내가 말해줄까? 자네의 섬은 분명히 언제나 그곳에 있지. 그리고 자네는 분명히 그 섬을 되찾았다고 난 확신할 수 있네."

로빈슨은 기가 막혔다.

"뭐, 내가 되찾았다고? 하지만 찾지 못했다고 내가 말했는

데."

"자네는 그 섬을 되찾았지! 자네는 어쩌면 그 섬 앞을 열 번쯤 지나갔을 거야. 하지만 그 섬을 알아보지 못했지."

"내가 알아보지 못했다고?"

"그래. 자네 섬은 자네처럼 변했을 뿐이지. 그 섬도 늙었단 말이야! 그러니까 꽃은 과일이 되고 과일은 나무가 되었지. 그리고 푸른 나무는 죽은 나무가 되었고. 열대지방에서는 모든 것이 매우 빨리 변하거든. 자네는 어떤가? 거울을 한 번 쳐다 봐, 이 바보 같은 친구야! 자네가 앞을 지나갔을 때 섬이 자네를 알아보겠는가?"

로빈슨은 거울을 바라보지 않았다. 그 충고는 쓸데없는 것이었으니까. 로빈슨이 어찌나 슬프고 일그러진 표정으로 주위 사람들을 바라보았던지 점점 더 커져가던 웃음의 물결이 그치고 도박장에는 정적이 흘렀다.

황금 수염

Barbedor

옛날 옛날에 행복한 아라비아의 샤무르라는 도시에 무척 길고 물결처럼 곱슬곱슬하며 게다가 황금빛 도는 수염으로 유명해서 '황금수염(바르브도르)' 이란 별명까지 얻게 된 나부나사르 3세라는 임금님이 계셨습니다. 임금님은 밤이 되면 수염을 작은 비단 주머니에 넣어 두었다가 아침이 되면 다시 꺼내서 여자 이발사의 능숙한 솜씨에 맡길 정도로 자신의 수염에 대단한 정성을 쏟았습니다. 남자 이발사들은 면도를 하고 여기저기에 난 수염을 깎는 사람들이지만 여자 이발사들은 반대로 빗질을 하고 곱슬곱슬하게 지지며 향수를 뿌리기만 할 뿐, 손님의 털은 한 올이라도 깎지 않기 때문에 임금

님이 여자 이발사에게 수염을 맡긴 것입니다.

나부나사르 황금수염은 젊었을 때부터 수염이 나도 신경 쓰지 않고 자라는 대로 내버려두었는데—일부러 그런 것보다는 게을러서 그랬을 것입니다—세월이 지남에 따라 턱에 난 그 부속물에 더욱더 깊고 거의 경이로운 의미를 부여하게 되었습니다. 그는 자신의 수염을 왕위의 상징, 더 나아가 권력의 집합체로 삼을 생각조차 했습니다.

그래서 임금님은 거울 속에서 자신의 황금수염을 물끄러미 바라보며 스스로 흡족해서 반지를 낀 손가락으로 수염을 쓰다듬곤 했습니다.

샤무르의 백성들은 임금님을 좋아했습니다. 하지만 임금님이 다스린 지 50년도 더 되었고 긴급하게 처리해야 하는 개혁들은 군주의 모습처럼 무사태평에 빠진 정부에 의해 끊임없이 뒤로 미루어졌습니다. 재상회의는 한 달에 한 번 이상은 열리지 않았고, 문지기들은 문틈으로 가끔 흘러나오는 말—언제나 똑같은 말—을 듣곤 했습니다.

"뭔가 해야 할 것입니다."

"그렇지요. 하지만 서둘러서는 안 됩니다."

"상황이 무르익지 않았습니다."

"적절한 때가 올 때까지 기다려 봅시다."

"기다리기에는 너무 절박합니다."

재상들은 아무것도 결정하지 않았으면서도 자축하면서 헤어지곤 했습니다.

임금님의 주요 일과 중의 하나는 점심 식사—관례적으로 천천히 오랫동안 잔뜩 먹는—후 오후 늦게까지 지속되는 낮잠을 즐기는 것이었습니다. 좀더 자세히 이야기하자면 임금님은 쥐방울(노란색 꽃이 피는 덩굴식물_역주)을 엮어 그늘지게 만든 테라스에서, 말하자면 사방이 탁 트인 곳에서 낮잠을 즐겼지요.

그런데 몇 달 전부터 황금수염은 예전처럼 마음의 평온을 즐길 수 없었습니다. 재상들의 상소나 백성들의 불평이 임금님의 마음을 뒤흔든 것은 아니었습니다. 그게 아니었지요. 임금님의 불안은 그보다 더 높고 더 깊으며 한 마디로 말해서 더 존엄한 것에 원인이 있었습니다. 즉 나부나사르 3세는 세수를 한 후 여자 이발사가 내민 거울 속에서 자신의 모습에 도취한 듯 바라보다가 처음으로 황금빛으로 빛나는 수염에 섞인 흰털 한 올을 발견했던 것입니다.

문제의 흰털 때문에 임금님은 깊은 시름에 빠졌습니다. 그래서 임금님은 이렇게 생각했습니다. '나도 늙는구나. 물론 늙는다는 것은 예정된 일이지만, 이제부터는 이 흰털처럼 의심할 수 없는 사실이 되어버렸어. 어떻게 해야 할까? 또 뭘 하지 말아야 하지? 이제 나도 흰털이 났는데 아직 후계자가 없으니. 두 번이나 결혼을 했지만 차례대로 내 침대에 올라왔던 두 왕비 모두 왕자를 낳아주지 못했으니. 어떤 방법이든 찾아내야 해. 하지만 서둘러서는 안 되지. 내겐 후계자가 필요해. 어쩌면 양자를 들여야 할지도 모르지. 그럴 경우 나를 닮아야 해. 나를 꼭 빼어 닮은 아이여야 돼. 그러니까 지금의 나보다 젊은, 아니 훨씬 젊은 나. 하지만 상황이 무르익지 않았지. 적절한 때가 올 때까지 기다려 보자. 아니지, 기다리기엔 너무 절박해.'

임금님은 자신의 신하들이 그런 말을 습관적으로 사용한

다는 것을 모르는 채 중얼거리고 쌍둥이 동생처럼 자신을 닮은 어린 나부나사르 4세를 열망하면서 잠들곤 했습니다.

그런데 어느 날, 임금님은 낮잠을 즐기고 있다가 느닷없이 꽤나 생생하게 따끔한 아픔을 느끼고 깨어났습니다. 그리고 본능적으로 손으로 턱을 만졌습니다. 따끔하게 느낀 곳은 턱이었으니까요. 그런데 아무것도 없었습니다. 피도 나지 않았습니다.

임금님은 종을 쳐서 여자 이발사를 불렀습니다. 그리고는 그녀에게 큼직한 거울을 가져오라고 명령했습니다. 막연한 예감은 임금님을 속이지 않았습니다. 문제의 흰털이 사라졌던 것입니다. 어떤 불경한 손이 임금님이 낮잠을 자는 때를 이용해서 감히 그 완벽한 부속물을 훼손했던 것입니다.

그 흰털은 정말로 뽑혀 나갔을까요? 아니면 수염 속에 자취를 감췄을까요? 다음날 아침 여자 이발사가 임무를 마치고 임금님께 거울을 가져다주었을 때 그곳에는 구리광산에서 은맥銀脈이 뻗어 있는 것처럼 뚜렷하게 구분되는 흰털이 있었습니다.

나부나사르는 그날 왕위 계승 문제와 수염의 수수께끼가 어수선하게 뒤얽힌 혼란 속에서 습관적인 낮잠에 빠져들었습니다. 이 두 가지 의문점이 하나에 불과하기 때문에 한 문제만 해결되면 나머지 문제도 저절로 풀린다는 것을 전혀 생각하지 못한 채…….

그런데 나부나사르 3세는 간신히 잠들자마자 턱에서 생생한 고통을 느끼고 깨어났습니다. 임금님은 자리에서 벌떡 일어나 여자 이발사를 불러 거울을 가져오게 했습니다. 또 다시 흰털이 사라져 버린 것입니다!

다음날 아침 흰털이 다시 나타났습니다. 하지만 이번에는 임금님도 그 징후에 속지 않았습니다. 말하자면 임금님은 진실을 향해 크게 한걸음 내디딘 것이라고 말할 수 있겠지요. 실제로 임금님은 흰털이 전날엔 턱의 왼쪽 아랫부분에 있었는데 지금은 오른쪽 윗부분—거의 코의 높이—에 나타났다는 점을 알아차렸습니다. 털이 이동할 수는 없기 때문에 지난 밤중에 갑자기 나타난 흰털이 '다른 털'이라고 결론을 내릴 수밖에 없었습니다. 털이 어둠을 이용해서 하얗게 변한다는 것은 사실이니까요.

그날 임금님은 낮잠을 준비하면서 어떤 일이 벌어질 것인지를 알고 있었습니다. 임금님은 최근에 흰털이 난 곳을 점찍어 두었는데 눈을 감자마자 바로 그곳에서 따끔한 아픔을 느끼고 눈을 다시 떴습니다. 임금님은 누군가가 방금 그 흰털을 뽑아갔다고 확신했기 때문에 이번에는 거울을 가져오라고 하지 않았습니다.

'그런데 누굴까? 도대체 누구지?'

이제는 그런 일이 매일같이 일어났습니다. 임금님은 쥐방울로 엮은 시렁 아래서 잠에 빠지지 않기로 마음먹었습니다. 그래서 반쯤 눈을 감고 눈꺼풀 사이로 흘겨보면서 잠을 자는 척했습니다. 그런데 잠을 자는 척하다가 정말로 잠이 들기도 하지요. 아얏! 아픔을 느꼈을 때 이미 깊은 잠에 빠져 있었고 눈을 뜨기 전에 모든 것이 끝나버렸습니다.

그런데 어떤 수염도 한없이 많은 것은 아니지요. 밤마다 황금수염들 가운데 하나가 흰털로 변해서 다음날 오후 낮잠을 즐길 때마다 뽑혀 나가곤 했습니다. 여자 이발사는 감히 아무 말도 할 수 없었지만 임금님은 수염이 감소됨에 따라 자신의 얼굴이 슬픔으로 수척해지는 것을 봐야만 했습니다. 임금님은 거울 앞에서 자신의 모습을 물끄러미 바라보고 남아 있는 황금수염을 쓰다듬으면서 듬성듬성한 수염 너머로 점점 더 훤히 비쳐 보이는 턱의 주름살을 유심히 살펴보았습니다.

그런데 가장 이상한 점은 그런 변화가 임금님의 기분을 상하게 하지 않는다는 것이었습니다. 임금님은 점점 희미해져 가는 위엄 있는 노인의 얼굴 너머로 수염이 나지 않았던 젊은 시절의 자신의 모습—분명히 더욱 거칠고 더욱 주름 잡힌 모습이지만—이 다시 나타나는 것을 보았습니다. 임금님의 왕위계승 문제는 그와 동시에 덜 절박하게 느껴졌습니다.

턱에 수염이 열두 올 정도밖에 남지 않게 되자 임금님은 백발이 된 신하들을 해임시키고 몸소 정권을 잡아야겠다고 진지하게 생각했습니다. 이때부터 상황은 새로운 양상을 띠기 시작했습니다.

116

수염이 없어진 뺨과 턱이 바람의 흐름에 더욱 민감해졌기 때문일까요? 아침에 나타난 흰털이 사라지기 전에 눈 깜짝할 사이에 불어닥친 시원한 바람결에 낮잠을 깨는 날도 있었습니다. 마침내 어느 날 임금님은 보았습니다! 무엇을 보았을까요? 그것은 하얀 수염처럼 새하얗고 아름다운 새였습니다. 그 새는 방금 뽑아낸 하얀 수염을 부리에 물고 쏜살같이 달아났습니다. 그리하여 모든 의문점이 설명되었습니다. 그 새는 자신의 깃털과 같은 색깔의 둥지를 짓고 싶었는데 임금님의 수염보다 더 하얀 재료를 발견할 수 없었던 것입니다.

나부나사르는 의문점을 알게 되어 기뻤지만 더 자세히 알고 싶어 안달이 났습니다. 그런데 매우 중요한 때였습니다. 임금님의 턱에는 이제 한 올의 수염밖에 남지 않았으니까요. 말하자면 눈처럼 희고 아름다운 새가 모습을 드러내는 것도 이번이 마지막이겠지요. 그러니 쥐방울로 엮은 시렁 아래서 낮잠을 자기 위해 드러누운 임금님의 마음은 어떠하겠습니까? 다시 한 번 더 잠을 자는 척 해야 했습니다. 하지만 정말로 잠들면 안 되었지요. 그런데 하필이면 그날 점심은 특별히 성찬이었고 맛도 좋았습니다. 그래서 식곤증에 시달린 임금님은 잠에 푹 빠지고 싶었습니다.

하지만 나부나사르 3세는 달콤하게 밀려드는 졸음과 열심히 싸웠습니다. 임금님은 깨어 있기 위해 턱에서 뜨거운 햇살을 받으며 흔들거리는 길고 하얀 털을 곁눈으로 보았습니다. 맹세코, 임금님은 단 한순간밖에 졸지 않았습니다. 임금님은 뺨에 닿은 날개의 생생한 애무와 턱에서 따끔한 아픔을 느끼고 다시 정신을 차렸습니다. 손을 앞으로 확 내밀고 뭔가 부드럽고 꿈틀거리는 것을 만졌지만 손가락은 아무것도 움켜쥐지 못했습니다. 임금님은 눈을 뜨고서 붉은 태양의 역광 속에서 하얀 새의 검은 그림자만을 보았습니다. 이 새는 도망쳐서 다시는 되돌아오지 않을 것입니다. 임금님의 마지막 수염을 부리에 물고 날아갔으니까요.

임금님은 화가 나서 벌떡 일어났습니다. 그리고 궁수를 불러 죽이든 살리든 그 새를 잡아오라고 명령을 내릴 참이었습니다. 그것은 화가 난 임금님의 난폭하고 무분별한 반응이었습니다. 바로 그때였습니다. 임금님은 뭔가 하얀 것이 공중에서 흔들거리면서 땅으로 떨어지는 것을 보았습니다. 깃털이었습니다. 그것은 틀림없이 새를 만졌을 때 떨어져 나온 눈처럼 하얀 깃털이었습니다. 그 깃털은 살며시 포석 위에 내려앉았습니다. 그런데 임금님은 굉장히 흥미로운 현상을 목격했습니다. 즉, 그 깃털은 한동안 움직이지 않더니 제자리에서 방향을 바꾸고 뾰족한 부분으로 어떤 방향인가를 가리켰습니다. 다시 말하자면 땅에 내려앉은 그 작은 깃털은 나침반의 바늘처럼 돌더니 북쪽을 가리키는 대신에 새가 도망친 방향을 가리켰던 것입니다.

임금님은 몸을 굽혀 깃털을 주워 들고 손바닥에 반듯이 놓았습니다. 그러자 깃털은 빙 돌더니 남남서쪽, 즉 새가 사라진 방향에서 멈추었습니다.

그것은 신호, 즉 따라오라는 권유였습니다. 나부나사르는 깃털을 손바닥에 반듯하게 올려놓고서 계단으로 돌진했습니다. 물론 마주치는 신하들과 하인들이 존경의 표시로 올리는 인사에 대꾸도 하지 않은 채 말입니다.

임금님이 거리에 나서자 궁전에서와는 달리 아무도 그를

알아보지 못한 것 같았습니다. 행인들은 헐렁헐렁한 반바지에 짧은 상의를 걸치고 손위에 하얀 깃털을 반듯이 올려놓고서 달려가는 수염 없는 그 사람이 그들의 존엄한 군주인 나부나사르 3세였다고는 상상도 할 수 없었겠지요. 그런 엉뚱한 행동이 그들에게는 임금님의 권위와 어울리지 않는다고 보였을까요? 아니면 임금님이 몰라볼 정도로 젊어진 걸까요? 하지만 나부나사르는 손바닥 위에 깃털을 반듯이 놓는 일과 그 깃털이 가리키는 방향대로 달리는 데 너무 정신이 팔린 나머지 그런 문제—하지만 본질적인 문제—에 신경 쓰지 않았습니다.

나부나사르 3세—이제는 전前 나부나사르 3세라고 말해야 하지 않을까요?—는 그렇게 오랫동안 달렸습니다. 샤무르 왕국을 벗어나 경작지를 가로질렀고 숲을 지나 산을 넘었으며 다리 덕분에 강을 무사히 건넜고 맨발로 첨벙첨벙 시냇물에 뛰어들었으며 사막을 횡단하고 또 다른 산을 넘었습니다. 그다지 피로를 느끼지도 못한 채 달리고 뛰고 또 달렸습니다. 나이도 많고 몸도 뚱뚱하며 게으른 생활로 동작도 굼

뜬 어른이 그처럼 쉬지 않고 뛸 수 있다니 매우 놀라운 일이었지요.

마침내 임금님은 어느 작은 숲속 커다란 떡갈나무 아래서 멈췄습니다. 하얀 깃털이 그 떡갈나무의 꼭대기를 향해 반듯이 일어섰던 것입니다. 임금님은 매우 높은 곳, 그러니까 마지막 가지가 갈라진 곳에서 잔가지 더미를 보았습니다. 그것은 분명히 새의 둥지였습니다. 둥지 위에는 아름다운 하얀 새가 불안한 듯 몸을 뒤척이며 앉아 있었습니다.

나부나사르는 돌진해서 맨 아래 나뭇가지를 잡고 힘껏 다리를 끌어올렸습니다. 그런 다음 곧장 일어나서 두 번째 가지를 잡았고 그런 식으로 다람쥐처럼 날렵하고 가볍게 나무를 타고 올라갔습니다.

임금님은 눈 깜짝할 사이에 둥지에 도달했습니다. 하얀 새는 공포에 질려 도망쳤습니다. 잔가지로 만든 왕관 모양의 둥지 안에는 하얀 털이 수북히 쌓여 있었습니다. 나부나사르는 자신의 수염으로 정성껏 엮어 짰다는 것을 쉽게 알아보았습니다. 그리고 하얀 둥지 안에는 예전 임금님의 황금수염처럼 금빛 도는 아름다운 알이 하나 놓여 있었습니다.

나부(나부나사르를 줄여서 애칭으로 부른 이름_역주)는 둥지를 떼어 가지고 다시 내려오기 시작했습니다. 그러나 한 손으로 부서지기 쉬운 그 둥지를 가지고 내려오는 것은 쉬운 일이 아니었습니다! 그래서 몇 번이나 새집을 놓아버릴까 하는 생각도 들었지요. 그리고 땅에서 아직도 2미터 떨어진 곳에 이르렀을 때 균형을 잃고 떨어질 뻔했습니다. 마침내 나부는 이끼 긴 땅 위로 뛰어내렸습니다. 나부는 곧장 샤무르 궁궐로 가는 방향이라 여겨지는 길을 따라 몇 분 동안 걸었습니다. 그런데 이상한 사람을 만났지 뭡니까? 그는 장화를 신었고 배가 엄청 튀어나왔으며 밀렵감시인의 모자를 썼는데, 간단히 말해서 진짜 숲속의 거인이었습니다. 거인은 천둥 같은 목소리로 이렇게 외쳤습니다.

"이봐, 꼬마야! 누가 임금님의 숲에서 새알을 꺼냈는가 했더니 바로 너로구나!"

꼬마라니요? 어떻게 그를 꼬마라고 부를 수 있었을까요? 나부는 갑자기 자신이 정말로 날씬하고 민첩하며 키가 아주 작은 꼬마로 변했다는 것을 알아차렸습니다. 그래서 몇 시간 동안 달리고 쉽게 나무를 올라탈 수 있었다는 것이 설명되었지요. 나부는 또한 어렵지 않게 잡목림 속으로 들어갔고 커다란 키와 배로 막아선 밀렵감시인에게서 빠져 나올 수 있었던 것이지요.

샤무르 궁궐에 거의 이르러서 공동묘지 근처를 지날 때였습니다. 꼬마 나부는 여섯 필의 검은 말들이 끄는 호화로운 영구차를 빽빽하게 에워싼 화려한 차림의 사람들이 모여 있는 곳에서 발걸음을 멈췄습니다. 사람들은 말에게 어두운 솜털로 깃털장식을 했고 은빛 눈물무늬가 있는 옷을 입혔습니다.

나부는 누구 장례식이냐고 여러 차례 물어보았지만 그의 질문이 너무 어리석다는 듯이 어깨를 으쓱할 뿐 사람들은 대답을 해주지 않았습니다. 나부는 단지 영구차가 왕관 위에 N자가 새겨진 문장紋章들로 덮여 있다는 것만을 알아볼 수 있었습니다. 마침내 나부는 공동묘지의 다른 쪽 모퉁이에 있는 장례용 제단 속에 숨었습니다. 옆에다 둥지를 놓은 나부는 너무도 지친 나머지 묘석 위에서 잠이 들었습니다.

다음날 나부가 샤무르 궁궐로 들어가기 위해 길을 나섰을 때 햇볕은 이미 뜨거웠습니다. 나부는 굳게 닫힌 성문을 보고 깜짝 놀랐습니다. 그 시간에 성문이 닫혀 있다는 것은 아무래도 이상한 일이었으니까요. 백성들은 중대한 사건이나 저명한 방문객이 있을 경우 성문이 열릴 때까지 기다려야 했

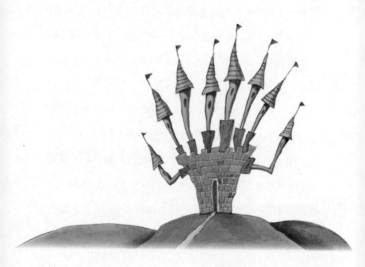

지요. 그처럼 특별한 상황에서는 성문을 닫아두었다가 장엄하게 열어야 하니까요. 나부가 여전히 손에 하얀 둥지를 든 채 이상하다 생각하고 어떻게 할까 망설이고 있는 참에 별안간 황금빛 알이 깨지더니 새끼 새가 빠져 나오지 않겠습니까? 그러더니 그 하얀 새끼 새는 맑고 알아들을 수 있게 "임금님 만세! 우리의 새 임금님 나부나사르 4세 만세!" 하고 외쳤습니다.

그러자 육중한 성문이 돌쩌귀 위에서 천천히 돌아가더니 두 개의 문짝이 활짝 열렸습니다. 빨간 양탄자가 성문에서부터 궁전의 디딤돌까지 깔려 있었습니다. 환희에 찬 백성들이 오른쪽과 왼쪽에 모여 있었습니다. 그리고 둥지를 든 아이가 걸어 나가자 모두들 새가 그랬던 것처럼 "임금님 만세! 우리의 새 임금님 나부나사르 4세 만세!" 하고 외쳤습니다.

나부나사르 4세의 치세治世, 동안에 샤무르는 오랫동안 평화롭고 융성했습니다. 두 왕비가 차례차례 맞이되었으나 둘 다 왕자를 낳지 못했습니다. 그러나 임금님은 수염을 훔친

하얀 새를 따라서 숲속으로 몰래 빠져나갔던 일을 기억하고
는 후계자 문제로 전혀 걱정하지 않았습니다. 하지만 세월
이 흘러 그 추억은 임금님의 기억 속에서 서서히 지워지기
시작했습니다. 멋진 황금수염이 조금씩 임금님의 턱과 뺨을
덮기 시작했을 때였습니다.

엄마 산타 클로스

La Mère Noël

성 탄 절 이 야 기

풀드뢰직 마을은 평화시절을 맞이하게 될 것인가? 이 마을
은 오래 전부터 신자들과 일반인들, 수도회의 사립학교와
속세의 공립학교, 신부님과 선생님간의 대립으로 갈라졌다.
계절의 색깔을 띠는 적의는 연말 축제와 더불어 전설적인
화려한 장식으로 변했다. 자정 미사는 실용적인 이유로 12
월 24일 저녁 6시에 거행되었다. 같은 시각에 산타 클로스로
변장한 선생님은 속세의 공립학교 학생들에게 장난감을 나
눠주었다. 그리하여 산타 클로스는 세심한 배려를 통해 교
권주의敎權主義에 반대하는 급진적이며 이교도적인 영웅이
되었고, 신부님은 그 지방에서 유명한 '살아 있는 아기 예

수'를 구유에 안치하여 맞섰다. 그것은 악마에게 성수聖水를 뿌리는 것과 같았다.

풀드뢰직 마을은 '휴전'을 할 것인가? 남자 선생님이 은퇴하고 대신에 외부에서 여자 선생님이 왔다. 모든 마을 주민들은 그녀가 어떻게 하는지 지켜보았다. 두 아이—한 아이는 3개월 된 어린아이—의 어머니인 와즈랭 부인은 이혼녀였다. 그 점이 충실한 이교도의 증표처럼 보였다. 하지만 신자들은 새로 온 여자 선생님이 첫 일요일부터 당당하게 성당에 입장하는 것을 보고 환호성을 질렀다.

주사위는 던져진 것처럼 보였다. 이제는 더 이상 자정 미사 시간에 '불경한 크리스마스 트리'는 없을 것이고 신부는 이 지역의 유일한 주인이 될 것이었다. 와즈랭 부인이 자신의 학생들에게 전통은 전혀 변하지 않을 것이며 산타 클로스가 예년과 마찬가지로 비슷한 시각에 선물을 나눠줄 것이라고 알리자 모두들 깜짝 놀랐다. 그녀는 어떤 놀이를 할 것인가? 그리고 누가 산타 클로스의 역할을 할 것인가? 우체부와 산림 감시원—그들이 사회주의적 견해를 가지고 있었기에 모든 마을 사람들은 그들이 산타 클로스의 역할을 할 것이라고 생각했다—은 전혀 아는 바 없다고 말했다. 와즈랭 부인이 살아 있는 아기 예수의 역할을 할 수 있도록 자신의 아기를 구유에 놓겠다고 한 것이 알려지자 놀라움은 절정에 달했다.

처음에는 모든 일이 잘 되어갔다. 신자들이 호기심에 이끌려 주의 깊게 구유를 바라보며 지나갈 때 아기 와즈랭은 깊은 잠에 빠져 있었다. 황소와 당나귀—진짜 황소와 당나귀—는 기적처럼 구세주로 변신한 속세의 아기 앞에서 감동된 모습이었다.

불행하게도 아기는 복음서를 낭독하는 순간부터 뒤척이기 시작했고 신부가 강단에 들어서는 순간에 울부짖었다. 누구도 그처럼 우렁찬 아기의 울음소리를 들은 적이 없었다. 성모 마리아의 역할을 하던 어린 소녀가 빈약한 가슴에 안고 달래보았으나 아무 소용이 없었다. 아기는 화가 나서 얼굴이 빨개졌고 두 팔을 내젓고 두 다리를 동동 굴렀다. 격렬한 울음소리는 성당의 천장에 울려 퍼졌다. 신부는 한 마디도

전달할 수 없었다.

결국 신부님이 성가대의 한 아이를 불러 귀에 대고 명령을 내렸다. 그 아이는 제복을 벗지도 않은 채 나왔고 밖에서 그의 딱딱거리는 구두 소리가 점점 희미하게 들렸다.

몇 분 후, 성당에 모인 모든 신자들—주민의 절반—은 전대미문의 광경—비구덴 지방의 성인전聖人傳에 영원히 기록될—을 목격하게 되었다. 그들은 산타 클로스가 성당 안으로 들어오는 것을 보았다. 그는 구유를 향해 성큼성큼 걸어갔다. 그는 하얀 목화로 만든 긴 수염을 한쪽으로 제치고 빨

간 외투의 단추를 끌렀다. 그리고 아기 예수에게 풍만한 젖가
슴을 내밀자 아기는 곧 울음을 멈추고 진정되었다.

나의 영원한 기쁨

Que ma joie demeure

성 탄 절   이 야 기

성姓이 '비도쉬' 면 국제적인 위대한 피아니스트로 성공할 수 있을까? 비도쉬 부부는 아들의 이름을 라파엘로 짓고 공기처럼 가장 가뿐하게 활동하고 선율이 가장 아름다운 라파엘 수호천사의 보호에 맡김으로써 무의식적으로 그 도전에 응하기 시작했다. 더구나 어린 라파엘은 곧 모든 희망을 걸 수 있을 만큼 탁월한 지성과 감수성을 나타냈다. 비도쉬 부부는 아이가 걸상에 앉을 수 있는 나이가 되자마자 피아노 앞에 앉혔고 실력은 눈에 띄게 발전했다. 금발, 파란 눈, 창백한 얼굴, 품위 있는 자세. 그는 비도쉬家의 사람들을 전혀 닮지 않고 라파엘 대천사를 꼭 닮았다. 그는 10살 때 신동

神童이라는 명성을 누렸고 사교계의 파티 기획자들은 앞을 다투며 그를 데려갔다. 라파엘이 가냘프고 창백한 얼굴을 건반 위로 숙이면 부인들은 감동하여 넋을 잃었다. 보이지 않는 대천사의 날개가 그를 푸른 그늘 속에 감싸고 있는 것 같았다. 요한 제바스티안 바흐의 성가 '나의 영원한 기쁨' 이

신비로운 연가戀歌처럼 하늘 높이 울려 퍼졌다.

하지만 아이는 그런 특혜의 대가를 톡톡히 치렀다. 부모는 해가 갈수록 연습 시간을 늘려서 열두 살 때는 매일 6시간 동안 연주했다. 그는 적성도 타고난 재능도 없고 빛나는 미래도 보장받지 못한 다른 소년들의 운명을 부러워할 때도 있었다. 그는 날씨가 좋을 때 야외에서 친구들이 즐겁게 떠들어대는 소리를 들으면 냉혹하게 악기에 얽매여야 하는 자신의 신세를 한탄하며 눈물을 글썽였다.

열 여섯 살이 되었다. 라파엘의 재능은 더할 나위 없이 충만하게 피어났다. 그는 파리 국립음악학교에서 제1인자였다. 하지만 얼굴에서 천사처럼 순결했던 유년기의 흔적은 전혀 찾아볼 수 없었다. 심술궂은 '사춘기 요정' 이 마법의 막대기를 두들겨서 천사처럼 순결했던 그의 옛 모습을 마구 망가뜨리는 것 같았다. 앙상하고 반듯하지 않은 얼굴, 튀어나온 눈구멍, 주걱턱, 급격히 악화된 근시 때문에 착용한 두꺼운 안경. 그 정도는 몽상을 불러일으키기보다는 웃음을 자아내게 하는 얼떨떨한 표정에 비하면 아무것도 아니었다.

적어도 겉모습을 보고 판단하면 비도쉬(품질 나쁜 고기라는
뜻_역주)가 라파엘을 완전히 압도한 것처럼 보였다.

그보다 두 살 적은 귀여운 베네딕트 프리에르 양은 라파엘
의 볼품 없는 외모에 개의치 않는 것 같았다. 국립음악학교
의 학생인 그녀는 분명히 그가 뛰어난 거장이 되리라는 측면
만 생각했다. 더구나 그녀는 오직 음악 속에서 그리고 음악
을 위해서 살았다. 감동에 젖은 부모들은 두 아이의 관계가
피아노를 함께 연주할 때 느끼는 황홀한 친밀감을 뛰어넘지
는 않을까 하고 생각했다.

라파엘은 기록적인 나이에 국립음악학교를 수석으로 졸업
한 후 초라한 수입을 보충하기 위해 여기 저기서 레슨을 하
기 시작했다. 베네딕트와 그는 약혼한 사이였지만 여건이 가
장 좋을 때 결혼하기 위해 결혼식을 미루었고 서두를 이유도
전혀 없었다. 그들은 사랑과 음악 속에서 맑게 살았고 몇 년
간 달콤한 행복을 맛보았다. 그들이 서로에게 바치는 음악
에 빠져들었을 때 라파엘은 열광에 도취되어 감사의 뜻으로
한번 더 요한 제바스티안 바흐의 성가 '나의 영원한 기쁨'

을 연주한 후 야회를 마쳤다. 그것은 역사상 가장 위대한 작곡가에 대한 경의일 뿐만 아니라 그처럼 순수하고 열정적인 사랑을 유지할 수 있도록 신에게 간구하는 열렬한 기도였다. 손가락으로 건반을 칠 때마다 천상의 웃음소리—피조물에 대한 신의 축복—가 터져 나왔다.

하지만 운명의 여신은 공평하게 시련을 부여했다. 라파엘에게는 같은 국립음악학교를 졸업한 친구가 한 명 있었다. 그는 나이트 클럽에서 어느 풍자만담가의 레퍼토리를 반주해 주며 생활비를 벌었다. 그는 바이올린연주자였기 때문에 풍자만담가가 무대 전면에서 그럴듯하게 늘어놓는 어설픈 가요에 장단을 맞춰 낡은 피아노를 연주한다고 해서 자신의 명예를 떨어뜨린다고는 생각하지 않았다. 그런데 이 앙리 뒤리우는 첫 번째 지방 순회공연을 떠나기 전에 소중한 생계 수단을 잃지 않도록 4주 동안 자신을 대신해서 반주해 달라고 라파엘에게 부탁했다.

라파엘은 망설였다. 어리석은 이야기를 듣기 위해 환기도 잘 안 되는 그 어두운 구석에서 두 시간 동안 앉아 있어야 하다니 생각만 해도 고통스러운 일이었다. 게다가 매일 밤 가야 하고 불쾌한 장소에서 피아노를 연주해야 한다. 열두 번의 특별 교습비와 맞먹는 하루 저녁의 보수도 그런 불경한 시련을 보상할 수 없었다.

라파엘이 거절하려는 참에 놀랍게도 베네딕트는 다시 한번 더 생각해 보라고 요구했다. 그들은 매우 오래 전부터 약혼한 사이였고 신동 라파엘의 존재는 이미 오래 전에 잊혀졌으며 그가 명성을 얻을 때까지 얼마나 더 기다려야 할지 아무도 알 수 없었다. 그런데 몇 주 동안만 일하면 부족한 결혼자금을 해결할 수 있었다. 그게 너무 과중한 희생이었을까? 라파엘은 분명히 존경할 만하지만 매우 추상적인 예술의 이름으로 결혼을 늦출 수 있었을까? 그는 고심 끝에 친구의 제안을 수용했다.

라파엘이 반주를 해 주게 될 풍자만담가의 이름은 보드뤼쉬였다. 보드뤼쉬는 자기 이름의 이미지와 비슷한 용모로 괴로워했다. 체구가 거대하고 축 처지고 무기력한 그는 무대의 한쪽 끝에서 다른 쪽 끝으로 굴러다니면서 질질 짜는 목소리로 끊임없이 인생을 짓누르는 불행에 대해서 늘어놓았다. 그의 희곡은 매우 간단한 관찰을 토대로 삼은 것이었다. 〈당신이 어떤 불행의 희생자라면 당신은 다른 사람들에게 관심을 불러일으킬 것이고 두 번째 불행이 닥치면 동정심을 유발할 것이며 세 번째 닥치면 비웃음을 사게 될 것이다.〉 그때부터 보드뤼쉬는 군중의 유쾌한 아우성을 자아내기 위해 점차 더욱 불쌍하고 비참한 인물을 만들어내기만 하면 되었다.

첫날 저녁부터 라파엘은 그런 웃음의 질을 평가했다. 파렴치하게 펼쳐지고 있었던 것은 사디즘, 악의, 천박한 취향이었다. 보드뤼쉬는 비참한 인물을 보여줌으로써 비겁하게 관객을 비난하고 가장 야비한 수준으로 끌어내렸다. 그는 독특한 희곡을 통해 다른 사람들보다 더 착하지도 악하지도 않는 이 선량한 시민들을 가장 방탕한 사기집단으로 만들었다. 그의 모든 레퍼토리는 쉽게 전파되는 저속함과 악을 토대로 이루어졌다. 라파엘은 좁은 카페의 벽을 울리게 하는 폭소에서 악마의 웃음, 즉 증오와 비열함과 어리석음이 활짝 피어나는 열광적인 아우성을 파악했다.

라파엘이 피아노로 반주해야 했던 것은 그처럼 역겨운 폭로였다. 단순하게 반주하는 것이 아니라 그런 폭로를 돋보이게 하고 과장하며 고조시키는 것이었다. 그것도 피아노, 즉 그가 요한 제바스티안 바흐의 성가를 연주했던 성스러운 악기를 이용해서! 그는 유년기와 청소년기 내내 소극적인 형태의 악―낙심, 태만, 권태, 무관심―이외는 알지 못했다. 처음으로 그는 확실하게 구체화된 악―인상을 찌푸리고 투덜거리는―을 만나게 되었다. 그는 본의 아니게 그런 야비한 보드뤼쉬의 적극적인 공모자가 되고 말았다.

어느 날 저녁이었다. 라파엘은 매일 출근하는 지옥 같은 카페 극장의 대문에 게시된 벽보에서 보드뤼쉬 이름 밑에 '비도쉬 반주'라는 문구가 덧붙여진 것을 보고 깜짝 놀라지 않을 수 없었다.

라파엘은 즉시 지배인 사무실로 달려갔다. 지배인은 그를 반갑게 맞이했다. 그는 비도쉬의 이름을 벽보에 붙이는 게 당연하다고 생각했다. 정당한 일을 했을 뿐이었다. 모든 관

객은 그의 피아노 반주를 지켜보았고 그 연주는 가엾은 보드뤼쉬의 레파토리—약간 진부한—에 활기찬 생기를 불어넣었다. 더구나 두 이름—비도쉬와 보드뤼쉬—은 놀랄 만큼 잘 어울렸다. 이보다 더 특이하고 기이하며 음성학적으로 잘 어울리는 결합을 상상할 수 없었다. 자연스럽게 그의 보수는 올라가게 되었다.

라파엘은 항의하기 위해 사무실에 들어갔었다. 하지만 나올 때는 지배인에게 고맙다고 말하고 속으로 자신의 소심함과 연약함을 저주했다.

라파엘은 저녁에 베네딕트에게 그 일을 털어놓았다. 그녀는 그의 분개를 함께 나누기는커녕 성공을 축하하고 수입의 증가를 기뻐했다. 결국 그 일을 하는 이유는 돈벌이이므로 최대한 많이 버는 게 낫지 않겠는가? 라파엘은 자신이 총체적인 공모의 희생자라고 느꼈다.

반대로 보드뤼쉬는 무척 쌀쌀맞게 그를 대했다. 보드뤼쉬는 그때까지 보호자처럼 그를 호의적으로 대했었다. 라파엘은 유용하나 가려진 역할—희생과 재간만을 요구하고 영광은 없는 —을 하는 자신의 반주자에 불과했다. 그런데 그런 라파엘이 이제는 지배인이 눈치채지 않을 수 없을 만큼 부분적으로나마 관객의 주목과 찬사를 받고 있었다.

보드뤼쉬는 어찌할 바를 몰랐던 라파엘에게 이렇게 말했다.

"친구여, 그처럼 열광적으로 연주할 필요는 없어."

뒤리우가 돌아와서 그 일을 다시 시작하지 않았더라면 상황은 분명히 더욱 악화되었으리라. 의무감에서 벗어나 안도의 한숨을 내쉬게 된 라파엘은 혹독했던 만큼 더욱더 교훈적이었던 경험을 기억하며 피아노 레슨을 다시 시작했다. 얼마 후 그는 베네딕트와 결혼식을 올렸다.

결혼은 라파엘의 생활을 거의 변화시키지 못했다. 하지만 라파엘은 그때까지 모른 체 할 수 있었던 의무감을 느꼈다. 그는 대출을 받아 아파트, 자동차, 텔레비전, 그리고 세탁기를 구입해서 매달 할부금을 지불해야 했기에 수지를 맞추기가 매우 어려웠던 아내의 걱정거리를 함께 해야 했다. 그들은 그때부터 바흐의 성가의 순수한 아름다움을 감상하기보다는 계산을 하며 저녁 시간을 보냈다.

약간 늦게 귀가하던 어느 날, 라파엘은 몹시 들뜬 베네딕트를 발견했다. 카페 지배인이 그가 도착하기 직전에 찾아왔던 것이었다. 지배인은 라파엘을 만나러 왔지만 그는 라파엘이 부재중이자 베테딕트에게 그의 계획을 알려주었다. 이번엔 한심한 보드뤼쉬의 장난 같은 노래를 반주하는 것이 아니었다. 지배인은 다음 공연에서 보드리쉬와 재계약하지 않을 작정이었다. 라파엘은 막간을 위한 몇 곡의 음악을 독주하고 싶지 않았을까? 막간 연주는 관객들에겐 행복한 기분전환거리였다. 관객들은 열기와 즐거운 폭소가 넘치는 정기공연 중간의 조용하고 아름다운 연주에 대해 만족할 수밖에 없을 것이었다.

라파엘은 딱 잘라 거절했다. 한 달 동안 고생했던 그 악취의 소굴에 결코 다시는 내려가고 싶지 않았다. 그는 전공 분야, 즉 음악과 공연에서 악을 경험했던 것이었다. 그것은 호된 경험이었지만 배울 게 전혀 없었다.

베네딕트는 뇌우가 지나가도록 내버려두었다. 며칠 후 그녀는 부드럽게 다시 설득했다. 이번에 제안한 것은 형편없는 보드뤼쉬를 위해 반주하는 것과는 전혀 달랐다. 그는 원하는 곡을 얼마든지 연주할 수 있었다. 그의 진정한 전공은 독주가 아닌가? 분명히 데뷔는 조촐하겠지만 멋지게 시작해야 했다. 그는 선택할 것인가?

베네딕트는 매일 끈질기게 그 문제를 언급했다. 동시에 더 나은 구역으로 이사하기 위해 교섭을 시작했다. 그녀는 주택가에 있는 보다 넓고 고풍스런 아파트를 꿈꾸었다. 하지만 주거환경의 개선은 희생을 요구하는 법이었다.

마침내 라파엘은 희생을 감수하고 6개월 계약서에 서명했다. 먼저 계약 파기를 원하는 측이 상당히 비싼 위약금을 지불한다는 조건에서 해약할 수 있었다.

라파엘은 첫날 저녁부터 자신이 얼마나 끔찍한 함정에 빠지게 되었는지 깨달았다. 관객은 앞서 진행된 공연—거대한 여자와 난쟁이 남자가 춘 기괴한 탱고—의 여파로 몹시 소란스러웠다. 너무 짧아 꼭 죄는 검은 양복, 쫓기는 짐승처럼 어색한 태도, 두꺼운 안경, 무서워서 꼼짝 못하는 신학생 같은 얼굴. 이런 라파엘의 모습은 고도로 희극적인 구성을 위해 일부러 꾸민 것처럼 보였다. 관객들은 아우성을 치며 그를 맞이했다. 불행하게도 의자는 너무 낮았다. 의자를 높이기 위해 뒤집었다. 그런데 얼떨결에 나사를 완전히 풀어버려서 두 부분으로 분리된 의자—갓과 다리가 분리된 버섯과 흡사한—와 함께 흥분한 관객 앞에 서 있게 되었다. 보통 상황이라면 의자를 조립하는데 몇 초도 걸리지 않았을 터였다.

하지만 사진사들의 플래시 세례로 정신을 차릴 수 없는 데다 안경을 떨어뜨려 아무것도 볼 수 없었다. 그가 안경을 되찾기 위해 마루바닥을 기어다니자 관객들의 기쁨은 절정에 달했다. 그는 의자의 두 조각을 가지고 한참 동안 만지작거린 후에야 피아노 앞에 앉을 수 있었다.

두 손은 후들후들 떨렸고 기억력은 흐트러졌다. 그날 밤 어떤 곡을 연주했던가? 그는 기억할 수 없었다. 그가 건반을 두드릴 때마다 가라앉았던 웃음의 물결이 더욱 세차게 되풀이되었다. 무대 뒤로 물러났을 때 그는 땀에 흠뻑 젖었고 부끄러워 어쩔 줄 몰라했다.

　지배인이 두 팔로 그를 껴안고 소리쳤다.

　"비도쉬 선생님, 당신은 멋지게 해냈습니다. 내 말 들리세요. 참으로 놀랐습니다. 당신은 시즌의 대 신예입니다. 당신의 즉흥적인 희극 재능은 비할 데 없이 훌륭합니다. 얼마나 실감나는 연기입니까! 당신이 모습을 드러내기만 해도 사람들은 웃기 시작합니다. 당신이 건반 위에 손을 얹자마자 관객들은 열광합니다. 기자들도 초대했습니다. 결과를 확신합니다."

열렬한 축하의 인사말이 쏟아지는 가운데 베네딕트는 비도쉬 뒤로 물러서서 다소곳이 미소를 짓고 있었다. 라파엘은 난파된 사람이 바위에 매달리는 것처럼 자신의 이미지에 매달렸다. 그는 애원하듯 베네딕트의 얼굴을 바라보았다. 그날 밤 유명한 희극 음악가의 부인이 된 베네딕트는 잔잔하게 기뻐했고 결심은 더욱 확고해졌다. 그녀는 가능성이 높아진 아름다운 아파트를 생각했다.

기사는 대서특필되었다. 사람들은 제2의 버스터 키톤에 대해서 이야기했다. 사람들은 얼빠진 유인원 같은 침울한 모습, 끔찍한 실수, 기괴한 피아노 연주법에 찬사를 보냈다. 도처에 같은 사진—안경을 찾기 위해 두 조각으로 분리된 의자 사이에서 기어다니며 더듬는 모습—이 실렸다.

그들은 이사했다. 매니저가 비도쉬의 수익을 책임졌다. 그는 영화에 출연했다. 얼마 안 있어 두 번째 영화를 찍었다. 세 번째 영화 후, 그들은 뇌이시市 마드리드가街의 개인저택으로 이사해서 정착할 수 있었다.

어느 날 누군가가 찾아왔다. 앙리 뒤리우가 옛 동료의 놀라운 성공을 축하하기 위해 왔던 것이다. 뒤리우는 주눅이 든 채 호화로운 실내 장식, 수정 샹들리에, 거장들의 명화 밑에서 돌아다녔다. 알랑송 시립 오케스트라의 제2 바이올린 주자인 그는 친구 저택의 화려함에 깜짝 놀랐다. 하지만 불평할 이유가 없었다. 어쨌든 나이트 클럽에서 피아노를 치는 비도쉬의 모습을 더 이상 볼 수 없었다. 그것은 당연하지 않겠는가. 그는 더 이상 그런 식으로 자신의 예술을 더럽힐 수 없다고 단호하게 선언했다.

그들은 함께 보냈던 국립 음악학교 시절의 꿈과 실망 그리고 미래를 개척하기 위해 감수했던 인내 등을 회상했다. 뒤리우는 바이올린을 가져오지 않았다. 라파엘이 피아노 앞에 앉아 모차르트, 베토벤, 쇼팽의 곡을 연주했다.

뒤리우가 소리쳤다.

"자네가 독주자가 되었다면 얼마나 멋졌을까! 자네의 영예는 정말로 보장되어 있었는데. 사람은 자신의 천성에 따라야 하네."

비평가들은 한번 더 비도쉬에 대해 이야기하면서 그로크

의 이름을 들먹였고 전설적인 스위스인 오귀스트의 후계자가 될 수 있을 것이라고 선언했다.

비도쉬는 실제로 성탄절 전야제 때 위르비노의 서커스단 무대에서 데뷔했다. 서커스단은 하얀 익살광대의 마스크를 쓰고 비도쉬의 상대역을 해줄 수 있는 사람을 오랫동안 찾았다. 베네딕트가 시험삼아 몇 번 연습한 후 그 역할을 해보겠다고 나서자 모두들 깜짝 놀랐다. 안 될 이유도 없지 않겠는가? 프랑스식의 수놓은 좁은 조끼와 짧은 바지, 석고 가루를 바른 얼굴, 이마에 검게 칠한 눈썹—질문하는 듯하고 비웃는 듯이 위로 올려진 곡선—. 고압적이고 명령적인 어투, 은빛 무도화를 신은 두 발. 유명한 익살광대 음악가의 파트너이자 없어서는 안 될 조역이 된 베네딕트는 멋지게 연기를 해냈다.

장밋빛 마분지로 만든 두개골을 뒤집어쓰고 빨간 고구마 모양의 가짜 코를 붙이고 목에서 흔들리는 셀룰로이드 흉갑과 거대한 구두 위에 둘둘 말린 바지와 함께 연미복 속에서 쩔쩔매는 비도쉬는 피아노 독주회를 하기 위해 온 무식하고 잘난 체 하는 어느 실패한 예술가의 역할을 했다. 하지만 가장 난처한 일은 그의 옷, 나사로 높낮이를 조정하는 의자 그리고 특히 피아노에서 돌출했다. 건반을 만질 때마다 물과 연기의 분출, 기괴한 소리, 방귀, 트림 등 기상천외한 일이 속출했다. 그의 익살에 모든 객석이 무너질 듯 폭소가 연달아 터졌다.

그처럼 즐거워하는 야유에 귀가 멍멍해진 비도쉬는 이따금씩 가엾은 보드뤼쉬를 생각했다. 보드뤼쉬는 틀림없이 이처럼 천박하게 떨어지지는 않았을 것이었다. 비도쉬를 보호했던 것은 자신의 근시였다. 화장 때문에 안경을 쓸 수 없었다. 여러 색깔로 물든 뭉실뭉실한 빛의 얼룩 이외는 거의 아무것도 볼 수 없었다. 수많은 냉혈한들이 짐승 같은 웃음으로 그를 바보로 만들었지만 적어도 그는 그들을 볼 수 없다는 장점을 지니고 있었다.

악마 같은 피아노의 레파토리가 완전히 실행에 옮겨졌던가? 그날 밤 위르비노의 곡마단에서 기적 같은 일이 일어났던가? 그럭저럭 마지막 곡을 연주한 후 불행한 비도쉬는 폭

발한 피아노가 햄, 크림 파이, 염주처럼 이어진 소시지, 둥
글게 감긴 흑黑순대와 백白순대 따위를 여기저기 토해낸 장
면을 목격해야만 했다. 그런데 전혀 예상치 못한 일이 일어
났다.

야만적인 웃음은 익살광대의 갑작스런 부동자세 앞에서
진정되었다. 그리고 정적이 흐르자 연주를 시작했다. 비도
쉬는명상에 잠긴 채 열렬하고 부드럽게 학창시절 동안 내내
자신을 달래주었던 요한 제바스티안 바흐의 성가 '나의 영
원한 기쁨'을 연주했다. 대충 수선된 서커스단의 낡은 피아
노는 놀랍게도 그의 두 손에 복종했고 숭고한 선율은 그네와
줄사다리가 어렴풋이 보이는 가건물의 어두운 천장까지 치
솟았다. 폭소의 지옥 후에 감정이 일치된 관객 위에 감돌고
있었던 것은 부드럽고 영적인 하늘의 환희였다.

정적 속에서 마지막 음이 오랫동안 울려 퍼졌다. 마치 성
가가 저승에서 계속 이어지는 것처럼. 그때 익살광대 음악
가는 근시 탓에 어른거리는 구름 속에서 피아노 덮개가 올
려지는 것을 보았다. 폭발하지는 않았다. 돼지고기 푸줏간

의 제품들을 토하지도 않았다. 피아노는 어두운 색조의 커다란 꽃처럼 천천히 펼쳐졌다. 그곳에서 빛의 날개를 지닌 아름다운 천사—오래 전부터 지켜보았고 완전한 '비도쉬'가 되지 않도록 보살폈던 라파엘 대천사—가 나타나더니 하늘로 올라갔다.

미셸 투르니에에 대하여

현존 프랑스 문단의 최고 지성인 미셸 투르니에는 1924년 12월 19일 파리 9구 빅투아르가에서 태어났다. 소르본 대학과 독일 튀빙겐 대학에서 철학공부를 하여 교수가 되려 했지만 교수자격시험에 실패한 후 플롱사에서 오랫동안 문학부장을 역임하며 독일문학 작품번역에 몰두한다.

　1967년 43세에 처녀작 『방드르디, 태평양의 끝』을 발표하여 프랑스 아카데미 소설대상을 수상했다. 1970년에는 『마왕』을 출간하여 만장일치로 공쿠르상을 받았고 1972년 이래로 아카데미 공쿠르 종신 심사위원을 맡고 있다. 1975년에 발표된 그의 세 번째 대작 『메테오르(기상현상)』는 미셸 투르니에가 가장 심혈을 기울인 명작이다. 그밖에 『성령의 바람』 『방드르디, 원시의 삶』 『동방박사와 헤로데대왕』 『황금 방울』 『뇌조』 『질과 잔』 『엘레아자르, 샘과 덤불』 『흡혈귀의 비상』 『움직이지 않는 떠돌이』 『사상의 거울』 『동방박사』 『일곱 가지 이야기』 등이 있다.

　그가 주로 다룬 테마는 사물과 우주의 운행, 인간의 본질을 규명하는 데 중요한 신화──식인귀, 쌍둥이, 암수한몸, 창조──, 성서, 여행, 쌍둥이, 동성애, 사랑, 종교, 성령, 정원, 기상, 언어, 이민, 기아, 빈곤, 전쟁, 장애인, 쓰레기 등이다. 인생 예찬론자인 작가는 역설적이게도 한 번도 결혼하지 않았고, 1962년부터 파리 근교에 있는 생 레미 슈부루즈 근처에 있는 슈아젤이라는 작은 마을의 옛 사제관에서 로빈슨처럼 은둔 생활을 즐기고 있다.

작품 줄거리 및 해설

미셸 투르니에는 단행본 혹은 삽화插話로 이미 발표한 작품 중에서 가장 아름답고 교훈적인 일곱 개의 동화를 모아 1992년과 1997년에 갈리마르 출판사에서 『일곱 가지 이야기』라는 제목으로 재출간했다.

「피에로, 밤의 비밀」은 1979년에 갈리마르 출판사에서 아동용 단행본으로 출판되었고 1989년에 '폴리오 카데 루주' 시리즈의 한 권으로 재출판되었다. 빵집 주인 피에로와 떠돌이 간판장이 아를르캥이 세탁소 주인 콜롱빈을 두고 사랑을 다투는 전통적인 삼각연애 이야기이다.

학창시절 매우 친밀한 사이였던 피에로와 콜롱빈은 각각 빵집과 세탁소에서 일하게 되면서 둘의 관계는 멀어지게 된다. 햇살과 새 그리고 꽃을 좋아하는 콜롱빈은 늑대나 박쥐처럼 끔찍한 동물들이 득실거리는 밤을 싫어하고 그런 밤에 일하는 피에로를 일부러 피한다.

  어느 화창한 여름 날, 건축 도장공 아를르캥이 나타나 화려한 재담과 외모 그리고 색깔로 콜롱빈을 유혹하여 하얀 빨래만 취급했던 세탁소를 다양한 색깔로 옷감을 물들이는 염색공장으로 바꾸고 마침내 콜롱빈을 데리고 마을을 떠난다.

  그리하여 첫 번째 사랑싸움에서 재담꾼 떠돌이 아를르캥이 말보다는 글을 좋아하는 내성적인 정착자 피에로를 이긴다. 명랑한 콜롱빈이 창백한 '달의 아이' 인 피에로보다는 '태양의 아이' 에게 끌리는 것은 당연한 것처럼 보인다. 하지만 끊임없는 방랑생활에 지치고 그녀를 유혹했던 화려한 옷빛깔이 바랜 것처럼 아를르캥의 사랑도 식어간다. 차갑게 얼어붙은 겨울 어느 날, 콜롱빈은 밤의 진실―파란 밤, 금빛 화덕, 냄새도 좋고 따뜻한 황금빛 빵―을 적은 피에로의 쪽지를 발견하고 아를르캥을 버려 두고 피에로에게 되돌아온다. 아를르캥은 글의 힘과 불의 위력을 실감하고 콜롱빈을 되찾기 위해 피에로의 빵집에 와서 순진하게 펜과 불을 빌려달라고 애원한다. 피에로는 연적 아를르캥을 쫓아내지 않고 관대하게 맞이한다.

피에로의 사랑 이야기는 방랑자에 대한 정착자의 승리다. 중세시대에 음유시인들이 청자聽者들을 찾아 성에서 성으로 옮겨다닌 것처럼 재담꾼은 천성적으로 떠돌이다. 반대로 글을 쓰는 사람은 방에서 고독하게 일하기 때문에 정착자이다. 아를르캥은 피상적인 방랑자이자 기회주의와 우연의 남자를 상징하고 피에르는 심오하고 본질적인 정착자를 대표한다. 말은 짧은 거리에서 화려하게 전달되었다가 순간적으로 사라지지만 글은 시간과 공간을 초월해 지속적으로 여행하는 것처럼 말이다.

「아망딘, 두 정원」은 1975년에 《Elle》지에 처음 실렸고 1978년에 『뇌조』의 한 동화로 재수록되었다. 이 동화는 사춘기를 맞이하는 열 살 소녀 아망딘이 집에서 기르는 어미 고양이 클로드와 새끼 고양이 카미샤를 관찰하며 자신의 입문적인 모험을 기록한 일인칭 일기체 이야기다.

아망딘은 어느 날 어미 고양이 클로드가 새끼 네 마리를 낳아 기르는 광주리를 발견한다. 이윽고 아망딘 가족은 세 마리 새끼 고양이들을 딸의 친구들에게 나눠주고 어미 고양이처럼 이름을 통해서는 성별이 불분명한 새끼 고양이 카미샤만 남게 된다.

그런데 어느 날 클로드와 카미샤는 사라진다. 클로드는 카미샤를 빼앗기지 않기 위해 안전한 담 건너편 정원에 숨겨놓은 것이다. 아망딘은 들고양이로 변신한 카미샤를 관찰하면서 자신이 어느덧 변하고 있다는 것을 깨닫는다. 즉, 맑고 순진한 유년기의 세계가 깨지기 시작한다.

"혼자 있으면 약간 두렵기도 하다. 하지만 동시에 무척 즐겁기도 하다. 참 이상한 일이다. 부모님 방에서 움직이는 소리를 들으면 나는 슬퍼지고 나의 축제는 끝난다."

마침내 아망딘은 카미샤를 구슬리고 다른 세계를 발견하

기 위해 카미샤의 야생 정원을 탐험하기로 결심한다. 정원
이란 담장으로 둘러싸인 폐쇄된 곳으로 비밀과 금지의 장소
이다. 마치 성년식을 치르는 원시부족의 소년이 위험한 숲
에 갇힌 것처럼 아망딘은 배나무 가지를 이용해서 대문도 어
떤 출구도 없는 이웃집의 황폐된 원시정원—아빠의 정원과
정반대 되는—에 침투한다.

아망딘은 카미샤의 야생 정원에서 강건하고 의젓하게 변
신한 카미샤의 모습과 카미샤처럼 신비한 미소를 짓고 있는
석상을 바라보며 행복과 슬픔을 동시에 맛본다. 여기서 카
미샤의 비밀을 공유하고 싶은 아망딘은 카미샤와 자신을 동
일시한다. 카미샤처럼 성숙했다는 행복감과 달콤한 유년기
가 이제는 끝난 것이 아닐까 하는 슬픔…….

"나는 잘 손질된 아빠의 정원과 반질반질한 엄마의 집으로
부터 얼마나 멀리 떨어져 있는가! 내가 다시는 되돌아 갈 수
없는 것은 아닐까?"

투르니에의 소설에는 입문의식이 자주 소개되는데 이 동
화에서 야생 정원의 주인인 카미샤는 말없이 아망딘을 입문

의 장소로 인도함으로써 입문지도자의 역할을 수행한다. 깨끗하고 반듯하게 다듬어져서 '아무 일도 일어나지 않을 것' 같은 아빠의 정원은 행복과 평화가 넘치고 또한 성징이 뚜렷이 나타나지 않는 유년기의 공간과 세계이고 또한 편리하고 지루한 문명과 정보, 도시의 모습을 나타낸다.

다리에 흘러내린 피 한 줄기는 아망딘이 유년기를 마감하고 사춘기를 맞이했다는 징후인 초경이다. 입문의식은 끊임없는 기존 세계와의 단절 혹은 도주이다. 일반적으로 원시사회에서 여성세계에서 자라는 소년은 남성사회에 통합되기 위해 할례, 감금, 단식 등 혹독한 입문의식을 치른다. 어쩌면 소녀들은 스스로 입문의식을 치르는지도 모른다. 생리를 통해서 말이다. 결국 소녀 아망딘은 고양이를 관찰하며 자아를 발견하고 성性에 입문하며 아빠의 정원을 탈출해서 다른 정원, 즉 자연과 미지의 세계를 배운다.

「엄지 소년의 가출」은 1992년 《Elle》지에 처음 실렸고 1997년에 갈리마르 출판사에서 재출간되었다. 이 동화는 샤를르

페로의 『엄지 소년』을 개작한 것이다. 투르니에는 이 동화에서 도시의 문명을 비난하고 자연과 농경생활의 복귀를 주장하고 있다.

　파리 나무꾼들의 대장은 12월 어느 날 밤 아내와 아들에게 시골생활을 버리고 고층아파트 24층으로 이사가야 한다고 알린다. 현대식 도시생활이 싫은 아들 피에르는 토끼 세 마리를 데리고 가출하고 어느 트럭을 얻어 타고 랑부이예 숲으로 도망친다. 이처럼 처음부터 아빠와 아들은 대립된다. 파리의 나무들을 베고 대로와 주차장을 만드는 아빠의 문명세계와, 토끼와 정원 그리고 장화를 좋아하는 아들의 자연세계. 피에르는 랑부이예 숲에 도착하면서부터 환상적이고 마술적이며 시적인 세계에 들어선다. 일곱 명의 꼬마 소녀들 —숲속의 요정들—이 피에르를 로그르 집에 데려간다. 이곳에서 모든 것은 바람처럼 가볍고 경쾌하다. 나무 집, 버들가지 안락의자, 털이불, 목재 베틀, 가냘픈 목소리, 노래, 기타 연주, 춤, 담배 연기…… 공기의 요소는 우리를 상상의 세계로 쉽게 안내한다.

원래 프랑스어 Ogre(오그르)는 페로의 동화에 나오는 것처럼 사람, 특히 어린이의 신선한 살을 좋아하는 험상궂은 식인귀를 의미한다. 하지만 투르니에의 Logre(로그르)는 마음씨 착하고 친절한 숲속의 거인이다. 음식도 고기는 전혀 없고 모두 신뢰할 수 있는 자연산이다. 채식주의자에게는 최고의 요리인 현미밥, 검은 무, 볶은 콩, 끓인 순무, 생우유, 단풍나무 진으로 만든 시럽.

로그르는 아담이 숲의 낙원인 에덴동산에서 선악과를 먹은 후 나무 없는 나라인 사막으로 쫓겨났다고 설명한 후 동물계—사냥, 폭력, 살인, 공포의 세계—와 나무로 대표되는 식물계—바람과 대지와 태양의 결합, 명상, 채식—를 비교하면서 나무의 미학을 얘기한다. 높은 것과 낮은 것, 빛과 어둠을 조화시키는 공중의 나뭇가지와 땅속의 뿌리 사이의 균형, 나무에 대해 명상은 에덴동산의 지극한 행복을 되찾는 열쇠다.

환경 보호론자 로그르는 태초의 낙원의 형태인 숲에 대해 얘기하는 동안 피에르는 현실과 환상 사이에서 떠다닌다.

"로그르는 정말로 이야기하고 있는 것일까? 아니면 그의 생각이 모두들 계속 피워대는 묘한 담배 연기의 푸른 날개를 타고 전해지는 것일까? 사실 피에르는 커다란 나무처럼 공중에서 나부끼고 로그르의 이야기는 반짝이고 살랑거리는 소리를 내며 그 가지에 머물러 온다."

바슐라르가 "진짜 상상 여행은 상상의 나라를 여행하는 것이다."라고 말한 것처럼 피에르는 현실 속에서 진정한 상상 여행을 경험한다. 하지만 피에르의 환상적인 모험은 헌병대와 아버지의 개입으로 중단된다. 그는 로그르로부터 장화를 선물로 받고 고층아파트로 되돌아온다. 몽상 여행은 좋아하지 않는 현실세계를 벗어나서 나무의 나라—낙원—로 가는 유일한 방법이다. 그는 새들의 날개 같은 역할을 하는 꿈의 장화를 신고 푸른 하늘을 떠다니며 상상적인 우주여행을 한다. 마침내 그는 커다란 마로니에로 변신하고 지극한 행복을 느낀다.

「로빈슨 크루소의 최후」는 1976년 5월호 《플레이 보이》지에 실렸고 1978년에 『뇌조』의 한 동화로 재수록되었다. 「방드르디, 원시의 삶」의 속편이다.

「방드르디, 원시의 삶」은 무인도에 갇히면서 현실세계와 단절된 한 고독한 인간의 변신에 관한 이야기다. 로빈슨은 화이트버드 호가 섬에 출현한 후에야 자신이 무인도에서 28년 2개월 22일을 보낸 사실을 알게 된다. 헌터 선장은 로빈슨에게 귀국을 권유하지만 이기적이고 난폭하고 파괴적인 선원들—문명세계에서 파견된 사자들—을 보고 문명세계로의 귀환을 거절하고 고독하지만 자유롭고 행복하며 영원히 젊을 수 있는 원시생활을 지속하기 위해 섬에 남기로 결심한다. 하지만 만일 방드르디처럼 스페란자 섬을 떠나 영국으로 귀국할 경우 로빈슨은 어떻게 될 것인가? 이 질문에 답하기 위해 작가는 이 짧은 소설을 쓴 것이다.

22년 간 무인도 생활을 청산하고 영국으로 귀국한 로빈슨은 고향 주민들에게 대환영을 받고 한 아가씨와 결혼해서 '정상적인' 생활을 한다. 평범한 문명생활에 싫증난 로빈슨은 아내가 죽자마자 집과 밭을 팔고 범선을 빌린다. 그는 행복과 자유의 땅을 되찾기 위해 무인도를 향해 몇 차례 떠나지만 결국 발견하지 못한다. 그 섬이 바다 속에 가라앉기라도 한 것처럼 말이다. 절망에 빠진 그는 항구의 선술집을 배회하며 자신의 모험담을 떠벌린다.

어느 날 한 키잡이가 드디어 진실을 밝혀준다. 로빈슨이 그의 무인도 앞을 수차례 지나갔지만 섬이 로빈슨처럼 변했기 때문에 알아보지 못했다는 것이다. 이 이야기는 결국 로빈슨이 그의 무인도에 남은 게 현명했다는 원작의 당위성을 역설적으로 말해주는 것이다.

로빈슨의 스페란자 섬은 낙원 같은 정원처럼 묘사된다. 'paradis(낙원)' 이란 단어는 정원 혹은 닫힌 공간을 뜻하는 페르시아어 'pardès' 에서 유래된 것이다. 닫힌 공간인 정원과 섬은 지상낙원, 특히 잃어버린 에덴동산—순박하고 조화로운 원시 세계—을 상징한다. 바다가 계절의 특징을 지우기 때문에 섬에서 시간은 정지되고 영원 속에 잠기는 것처럼 보인다. 섬은 인간이 자연과 조화를 이루고 살 경우 에덴동산의 낙원을 구현한다.

「황금수염」은 1980년에 발표된 『동방박사와 헤로데대왕』 (원제 『가스파르, 발타자르 그리고 멜쉬오르』)의 한 삽화이고 1980년과 1990년에 갈리마르에서 단행본으로 재출간되었다. 헤로데는 동방의 이야기꾼 상갈리에게 후계자 문제로 고심하는 늙은 왕의 이야기를 재미있게 하라고 명령한다.

이 동화 역시 환상적이고 마법적인 여행 이야기다. 행복한 아라비아의 임금님 나부나사르 3세는 늙게 되자 왕위를 계승할 왕자가 없어 걱정한다. 임금님은 황금빛 수염을 왕위의 상징처럼 생각할 정도로 애지중지하는 멋진 수염을 갖고 있었는데, 언젠가부터 매일 낮잠을 즐기는 동안 누군가가 하얀 수염을 한 올씩 훔쳐간다는 것을 알게 된다. 마지막 한 올의 수염밖에 남지 않은 날, 눈처럼 희고 아름다운 새가 수염을 뽑은 뒤 하얀 깃털을 하나 남겨두고 날아가는 모습을 보게 된다.

세 가지 색깔의 연금을 이용한 연금술식 묘사 장면은 임금님의 완전한 변신을 예고한다. "임금님은 눈을 뜨고서 **붉은 태양**의 역광 속에서 **하얀 새**의 **검은 그림자**만을 보았습니다.

이 새는 도망쳐서 다시는 되돌아오지 않을 것입니다." 그런데 그 깃털—지상의 무게로부터 풀려난 공기의 힘의 상징—은 경쾌하게 임금님을 유혹하고 안내하고, 늙은 임금님은 나는 듯이 아름다운 새를 뒤쫓아 달려간다. 마침내 임금님은 떡갈나무 마지막 가지에서 자신의 하얀 수염으로 엮어 짠 둥지를 발견하고 그 속에 있던 금빛 도는 하얀 알을 가지고 내려온 순간 숲속의 거인을 만나 자신이 어린이로 변신한 것을 깨닫는다. 임금님은 궁궐로 되돌아와서 다시 자신의 왕위를 계승한다. 불사조로 추측할 수 있는 이 하얀 새 덕분에 임금님은 불사不死에 도달하며 불사조는 실제로 불멸, 부활, 주기적인 소생을 상징한다.

「엄마 산타 클로스」는 1974년 《Elle》지에 처음 실렸고 1978년에 『뇌조』의 한 동화로 재수록되었다.

이 이야기는 프랑스 브르타뉴 지방의 한 작은 마을에서 실제로 벌어진 종교적 갈등을 근거로 해서 쓴 이야기다. 이 마을은 매우 오래 전부터 신자들과 일반인들, 수도회의 사립학교와 속세의 공립학교, 신부와 남자교사로 분열된다. 성탄절 행사는 경쟁적으로 두 곳에서 동시에 실시된다. 한쪽은 성당에서 아기 예수를 경배하고, 다른 쪽은 교사가 학교에서 산타 클로스로 변신해서 아이들에게 선물을 나눠준다. 그런데 남자 교사가 은퇴하고 품행이 예사롭지 않은 여교사 와즈랭이 부임한다.

이혼녀라는 점은 이교도들에게는 좋은 징조였지만 와즈랭은 첫 일요일부터 당당하게 성당에 나간다. 성탄절 날, 여교사는 살아 있는 구유를 위해 신부에게 자신의 아이를 맡기고 자신은 성당 밖에서 산타 클로스의 빨간 외투를 입고 아이들에게 장난감을 나눠준다.

신부의 강론이 시작되자 아이는 울고 성가대의 한 아이는 어머니를 찾으러 간다. 신자들은 가장 강력하게 금지된 위반사항을 목격하게 된다. 즉 수염을 단 남자가 아이에게 젖을 물리고 이교도 산타 크로스가 성스러운 아기 예수를 품에 안는 모습을……

아기예수는 신성과 인성을 동시에 지닌 이중적 속성 때문에 신과 인간의 중재자이고 또한 인간의 모순을 초월하고 분열을 가라앉히며 갈등을 치유하는 화합의 상징이다. 남녀양성자—산타로 남장한 여교사—역시 두 속성을 지녔기 때문에 화합의 상징이다. 그리하여 마을의 두 집단은 모순과 갈등을 해결하고 서로 화해하게 된다.

「나의 영원한 기쁨」은 1977년《누벨 옵세르바퇴르》지에 처음 실렸고 1985년에 갈리마르에서 어린이용 단행본으로 재출간되었다. 아내의 공모와 우스꽝스런 용모로 인해 어릿광대가 된 어느 천재 피아니스트 이야기다.

라파엘 비도쉬는 음악 신동으로 부모는 고약한 가족의 성姓(비도쉬는 프랑스어로 품질 나쁜 고기라는 뜻이다)의 이미지를 탈피하려고 아들에게 한 천사의 이름인 라파엘이라는 이름을 지어줌으로써 운명에 도전한다. 아이는 신체—금발, 파란 눈, 창백한 얼굴, 품위 있는 자세—와 탁월한 재능 측면에서 라파엘 대천사를 닮았다. 그는 요한 제바스티안 바흐의 성가 '나의 영원한 기쁨'을 연주하여 수많은 사람들을 매료시킨다. 하지만 16살 때 '사춘기 요정' 이 마술지팡이를 휘둘러 그를 다시 '비도쉬' 로 만들고 만다. "앙상하고 반듯하지 않은 얼굴, 튀어나온 눈구멍, 주걱턱, 근시와 두꺼운 안경."

라파엘은 국립음악학교를 수석으로 졸업한 후 역시 음악을 사랑하는 베네딕트와 약혼한다. 그는 친구의 부탁을 들어주고 또한 결혼자금을 해결하기 위해 저속한 풍자만담가 보드뤼쉬의 무대에서 피아노를 반주하게 된다. 라파엘은 생계를 위해 바흐의 성가를 연주했던 성스런 악기를 더럽히게 되었다고 자책한다.

그는 아내와 카페 지배인의 공모로 인해 다시 한번 기괴하고 저속한 공연에 참가하게 된다. 그는 당황한 나머지 우스꽝스런 장면을 연출해서 자신의 순수한 이미지와는 달리 가장 유명한 음악가 광대가 되고 만다. 하지만 성탄절 기적이 일어난다. 관객들은 극단측이 낡은 피아노가 햄, 소시지, 순대 따위를 토하도록 조작해 놓았지만 바흐의 숭고한 선율을 듣게 된다.

라파엘 보드뤼쉬. 대립적 이미지의 성과 이름이 천박한 어른과 순결한 아이, 익살광대와 음악가, 물질적 양식과 정신적 양식, 비열한 현실과 숭고한 이상을 운명적으로 결합시키고 있다는 이야기이다.

역자 후기

우리나라에도 1980년대 후반부터 미셸 투르니에의 작품이 번역되어 소개되기 시작해서 10여 분이 작가의 작품에 대해 석사논문을 썼고 박사학위까지 취득하신 분도 서너 분이 있다. 물론 어느 작품을 반드시 전문연구자가 번역해야 한다는 법은 없다. 해당 분야에 전문연구자가 없는 경우야 어쩔 수 없지만 투르니에 작품을 20년 이상 전공하신 분들이 많은데도 많은 출판사에서 비전문가에게 작품 번역을 의뢰하고 혹은 전문연구자를 찾으려고 노력조차 하지 않는 것을 이해할 수 없다.

번역만큼 수많은 시간, 인내심, 세심한 노력, 그리고 폭

넓은 지식을 요구하는 일도 없을 것 같다. 기술번역도 전문가 아니면 쉽지 않듯이 문학작품 번역 역시 가능하면 전문연구가에게 맡겨야 한다. 신이 아닌 이상 누가 번역해도 잘못된 부분은 있기 마련이고 때로는 불가피하게 직역을 할 수 없을 만큼 애매모호한 부분은 역자의 재량과 상상력에 맡길 수밖에 없다. 하지만 역자가 오역한 부분은 당연히 교정하거나 과감히 새로 번역해야 한다. 전문연구가는 작가가 실수로 쓴 지명이나 인명 혹은 각종 데이터까지도 바르게 고쳐서 정확히 번역할 수 있다.

아직은 한국에 번역된 투르니에 작품을 모두 검토한 것은 아니지만 이미 검토한 작품들 가운데 누락되거나 오역된 부분이 상당히 많아 참으로 놀랍고 안타깝다. 대체로 실력이 부족해서 실수하기보다는 실력을 과신해서 단어와 숙어 그리고 문맥을 제대로 확인하지 않고, 혹은 시간에 쫓겨 오역하는 경우가 많다. 원작의 문장이 간결하고, 사용된 용어가 평이한 것인데도 상스러운 비어를 사용해서 ─그것도 동화작품에서─ 독자를 자극하고 문장을 비비 돌리고 꼬는 식의 번역도 지양해야 한다. 독자는 전문연구가에 비해 다양한 작품을 읽기 때문에 그런 졸속번역은 금방 탄로 나기 마련이다. 특히 잘못 번역된 작품을 가지고 연구를 했을 때 필연적으로 파생되는 오류를 생각하면 참으로 끔찍하고 어처구니없다. 번역작가에 대한 출판계와 학계의 부당한 대우도 졸속번역을 유도하고 있다. 이유야 어떻든 번역은 역자와 출판사의 명예와 양심 그리고 책임을 걸고 최대한 성실하고 정확하게 하도록 노력해야 한다.

『일곱 가지 이야기』의 교정본이 왔을 때 사실 깜짝 놀랐다. 프랑스어를 전공한 편집자가 모든 문장을 원문과 일일이 대조해가며 하나하나 제대로 번역했는지, 빠진 부분은 없는지 확인한 흔적이 역력히 보였다. 투르니에 전문가가 번역한 작품조차도 이처럼 세심하게! 제대로 된 출판사라면 바로 이처럼 세심한 검수와 감수를 해야 한다. 모든 인간관계와 사회에서 가장 중요한 것이 믿음과 신뢰 아니겠는가!

투르니에의 초기 장편 소설들 『방드르디, 태평양의 끝』『마왕』『메테오르』 등은 주제도 다양하고 전개과정도 복잡하며 내용도 심오한 종교적 철학적 사변이 많아 번역하기도 힘들고 독자들도 작품을 이해하기가 여간 쉽지 않다. 하지만 청소년용으로 개작한 『동방박사』『방드르디, 원시의 삶』과 『일곱 가지 이야기』 같은 단편 동화에서 문장이 매우 간단하고 명료하면서도 내용의 흥미와 본질을 잃지 않고 작품성이 더욱 빛나고 있다. 투르니에가 세계 문학 작품 중에서 최고걸작으로 뽑는 샤를르 페로의 『동화집』, 라 퐁텐의 『우화』, 루이스 캐롤의 『앨리스의 신기한 나라 여행』, 생텍쥐페리의 『어린 왕자』 등의 한결 같은 특징은 문체의 명료함, 문장의 간결함, 인간과 세상에 대한 본질 추구이다. 또한 간간이 비워둔 여백과 그림은 독자들에게 자유롭고 편안한 상상의 즐거움을 제공하고 생각과 명상 그리고 교감의 기쁨을 함께 나눈다.

유학생활을 마치고 귀국 후 투르니에 연구 전문가라는 막중한 사명감(?)과 자부심에 논문보다는 먼저 투르니에의 작품을 국내에 소개하고 싶었다. 제일 먼저 3년에 걸쳐 『메테오르』('별똥별' 이라고 번역하는 사람이 있는데 직역하면 '대기현상' 이다)와 『방드르디, 원시의 삶』을 번역했고 2년 전에 『동방박사와 헤로데대왕』과 『마왕과 황금별』

을 번역했다. 최근에는 『엘레아자르, 샘과 덤불』과 『야찬 이야기』를 번역하였다. 사실 이번에 나오는 『일곱 가지 이야기』와 『동방박사』도 2년 전에 번역한 것인데 선뜻 출판하겠다는 곳이 없어 그동안 묵혀두었다가 우연히 소담출판사에 원고를 보냈더니 흔쾌히 출판하겠다는 답장이 와서 얼마나 기뻤던가. 그동안 강의와 연구 그리고 교재 만들기에 바쁘기도 했지만 번역의 의욕을 꺾는 것은 인문학계와 출판계의 절망적인 상황이었다.

처음으로 투르니에 작품을 알게 된 때는 1987년 외대 대학원 시절이다. 지방 대학교에서 조교를 하며 서울로 통학했으므로 잘 아는 선배님도 교수님도 없었다. 어느 날 이재형 선배님이 『마왕』이란 책을 주며 읽어보고 관심 있다면 투르니에 작품을 함께 연구하자고 제안했다. 당시에 난장 자크 루소의 작품에 관심이 많았기 때문에 석사논문도 루소 작품을 연구할 생각이었다. 고속버스 속에서 『마왕』을 읽었다. 무려 열 번도 더 읽었다. 아, 이럴 수가! 읽으면 읽을수록 더욱 재미났고, 읽을 때마다 새로운 의미가 나타났고, 세상의 기호들을 하나하나 해석하는 게 너무도 흥미

로웠다. 이 책은 결국 나의 인생 길을 돌려놓게 되었다.

대학원과 군복무를 마치고 1992년 프랑스 브장송으로 유학갔다. 2년 동안 투르니에의 전작품을 독파하고 투르니에가 기고한 모든 글은 물론이고 작가와 작품에 대한 모든 기사와 논문을 수집했다. 논문 지도교수님 마리 뮈게 올라니에의 부군은 투르니에와 편지를 주고 받는 친구였다. 어느 날 지도교수님이 파리에 투르니에가 세를 놓고자 하는 방이 하나 있는데 거기 가서 연구하면서 가끔 작가와 만나라는 제안을 했다.

걱정은 두 가지였다. 하나는 당시 나는 대학 식당에서 아르바이트하며 간신히 생활비를 마련할 정도로 경제적 여유가 없었고, 두 번째는 프랑스 친구들과 투르니에에 대해 이야기할 때마다 『메테오르』의 알렉상드르처럼 작가가 혹시 동성연애자가 아니냐는 우스개 소리였다. 투르니에는 프랑수아 미테랑 대통령이 자택으로 직접 몇 차례 방문할 정도로 프랑스 문단의 거장이었다. 한국과 중국에서 공식 방문을 초청해도 응하지 않았고 프랑스의 여러 대학교에서 요구한 초청강연에도 좀처럼 가지 않는다. 나는 최종오 선생님과 함께 아무런 약속도 없이 그저 작가가 사는 마을을 둘러보기 위해 1995년 8월 1일 파리에서 서쪽으로 42킬로미터 떨어진 슈아젤이라는 작은 마을을 찾아갔다. 설레임과 망설임 그리고 놀라움! 투르니에는 마치 나를 기다리고 있었다는 듯이 마침 자택으로 사용하는 옛 사제관에서 글을 쓰고 있었다. 투르니에는 속세의 상냥한 사제처럼 보였다. 또한 엄지 소년의 가출에 나오는 로그르 씨 같았다. 커다란 키, 늘 생글거리는 얼굴, 인생과 자연을 사랑하고 관찰하고 명상하는 철학자. 나는 1996년 5월 21일에 갈리마르 출판사에서 다시 작가를 만나 두 시간 넘게 인터뷰했다.

투르니에의 작품은 자아, 타자, 존재, 사물, 우주의 본질을 끊임없이 생각하게 한다. 투르니에 작품은 한번 대충 읽고 서가에 던져버리는 책이 아니라 한 글자 한 글자 씹어먹으면서 생각하고 추리하며 분석해야 제 맛이 난다. 투르니에는 신화, 전설, 성서, 철학의 작가이기 때문이다. 만물—인간, 사물, 세상, 역사 그리고 우주—은 읽고 해석할 거대하고 무한한 기호와 상징으로 덮여있는 일종의 책이다. 책은 타자, 다른 세계, 다른 문화를 이해할 수 있게 하는 마법의 열쇠가 아닌가. 이 책에 소개된 일곱 동화는 작가의 다른 장편소설에 비하면 상당히 쉽고 간결하며 명료하게 쓰여진 글이다. 결코 가볍지 않지만 읽을수록 새롭고 마음이 풍부해지고 흥미 진지하며 때로는 환상적이고 마법적이고 입문적인 동화들……

이 앙증맞고 예쁜 책과 함께 독자 여러분의 얼굴과 눈 그리고 입가에 환한 미소가 머물고 마음에 행복이 가득하길 기원한다. 또한 인간과 사회와 세상의 온갖 갈등과 모순을 자연스럽게 해결하는 지혜를 깨우치게 되기를 희망한다. 번역이 잘못된 부분을 발견할 경우 지적해주면 그지없이 고맙겠다. 끝으로 유학시절 내내, 편지로 내게 격려해주셨고 금년 인공관절 수술로 10개월 간 병원에서 고생하시고도 거뜬히 걸어다니시는 80세 어머님께 이 작은 번역의 사랑을 드리고 싶다.